Heike Wendler

Die Madonna unter dem blauen Baldachin

12 himmlische Kurzkrimis

HEIKE WENDLER

DIE MADONNA UNTER DEM BLAUEN BALDACHIN

12 *himmlische Kurzkrimis*

benno

Abbildungen:
S.5, 6, 12, 25, 31, 45, 51, 65, 75: © irmaiirma / Fotolia
S.19, 38, 57, 70: © Francesco Abrignani / shutterstock

Bibliografische Information der Deutschen Nationalbibliothek
Die Deutsche Nationalbibliothek verzeichnet diese Publikation in der Deutschen Nationalbibliografie;
detaillierte bibliografische Daten sind im Internet unter http://dnb.d-nb.de abrufbar.

Besuchen Sie uns im Internet:
www.st-benno.de

Gern informieren wir Sie unverbindlich und aktuell auch in unserem Newsletter zum Verlagsprogramm, zu Neuerscheinungen und Aktionen.
Einfach anmelden unter www.st-benno.de.

ISBN 978-3-7462-4984-1
St. Benno Verlag GmbH, Leipzig
Umschlaggestaltung: Rungwerth Design, Düsseldorf
Umschlagabbildung: © piccaya/Fotolia
Gesamtherstellung: Kontext, Lemsel (A)

Inhalt

Schachmatt für den Mörder

„Eva ist verschwunden!“, krächzte Hendrik Konsalins in den Hörer. Anton Frieseling schockierte allein der Klang seiner Stimme. Sie kannten sich seit Jahrzehnten und waren befreundet. Hendrik, der korrekte Religionswissenschaftler und die große Koryphäe an der Theologischen Fakultät, und er, der einfache Dachdeckermeister ohne Abitur, waren so unterschiedlich wie zwei Männer nur sein konnten. Anton räusperte sich, ohne genau zu wissen, was er eigentlich sagen sollte.

„Wie meinst du das?“, fragte er deshalb. „Seid ihr gestern nicht zusammen nach Hause gegangen?“

Der örtliche Kinderschutzbund hatte am Abend zuvor zu einem Spendendinner geladen, zu dem sowohl Hendrik mit seiner Frau Eva als auch Anton geladen waren.

„Wir sind nicht zusammen nach Hause gegangen!“, gab Hendrik zu. „Eva hat sich so gut amüsiert und ich musste noch meinen Vortrag für die Tagung in München beenden. Daran habe ich die halbe Nacht gearbeitet und Mails geschrieben. Danach habe ich mich dann gleich im Arbeitszimmer hingelegt, um Eva nicht zu wecken. Es war fast schon Morgen, als ich die letzten Nachrichten verschickt hatte! Wenn ich jedoch gewusst hätte …“ Hendrik schluchzte auf. Anton überlegt. Er schaute auf die Uhr, jetzt war

es fast Mittag. Er selbst hatte die Party gegen Mitternacht verlassen. Und er glaubte sich zu erinnern, dass Eva noch mit den anderen am Tisch gesessen hatte. Oder doch nicht? Er hatte drei, vier Gläser Wein getrunken, deshalb war er sich auch nicht so sicher, was Eva betraf. Vor seinem geistigen Auge sah er Eva vor sich, in ihrem roten Kleid war sie das optische Highlight des Abends gewesen. Und das hatte nicht nur er festgestellt. Zumindest daran erinnerte er sich ganz genau. Doch das sagte er Anton natürlich nicht.
„Wann genau hast du Eva denn zuletzt gesehen?“, fragte er.
„Auf der Party!“, stöhnte Hendrik. „Ich habe nicht mal gemerkt, dass sie nicht nach Hause gekommen ist, kannst du dir das vorstellen? Ich habe schon bei der Polizei angerufen, aber die sagen, für eine Vermisstenmeldung ist es noch zu früh! Diese elendigen Bürokraten!“
Anton unterbrach ihn. „Hast du schon mal Bernadette und Otto angerufen? Mit denen ist sie doch ganz dicke! Oder ihre anderen Freundinnen?“
Hendrik schwieg und seufzte nur kurz auf. Er wirkte hilflos.
„Ich komme gleich mal zu dir!“, sagte Anton und hörte, wie Hendrik erleichtert aufatmete. „Dann telefonieren wir die Leute gemeinsam durch, einverstanden?“
Wenig später stand Anton im Arbeitszimmer seines Freundes, der wieder über seinen Vortrag gebeugt war. „Ich habe keine Telefonnummern!“, jammerte er kläglich. „Außerdem, der Vortrag …“
Anton nickte. Manchmal wirkte Hendrik selbst auf ihn ein bisschen lebensuntüchtig.
„Hatte Eva ihr Handy gestern mit auf der Party dabei?“, fragte er. Hendrik nickte. „Ja, natürlich. Aber das habe ich schon angerufen! Doch das Teil ist ausgeschaltet!“

„Damit man sie nicht orten kann!“, murmelte Anton. Seine Neugier war geweckt. Hendrik und Eva waren ein höchst ungleiches Paar. Er, der alternde Professor, sie die deutlich jüngere, attraktive Frau. Aber dass sie weglaufen wollte, damit hätte er nun nicht gerechnet. Während Hendrik in seiner Verzweiflung selbst die Putzfrau kontaktierte, um nach Eva zu fragen, telefonierte Anton sämtliche Krankenhäuser ab. Ohne Erfolg. Da auch ihm niemand mehr einfiel, der Licht ins Dunkel hätte bringen können, schlug Anton vor, im Ferienhaus nachzusehen.
Eine gute Stunde später hatten sie das Ferienhaus erreicht. Anton parkte den Wagen. Schon als sie das Haus betraten, merkte er, dass irgendetwas nicht stimmte. Im Flur lagen Jacken auf dem Boden, Schuhe wild durcheinander und die blaue Bodenvase war in tausend Stücke zersprungen.
„Hier stimmt was nicht!“, stellte Hendrik überflüssigerweise fest. „Einbrecher?“
Anton fand Evas Körper im Wohnzimmer, zwischen dem Ledersessel und dem nussbaumfarbenen Vertiko.
„Eva!“, rief Hendrik. Anton hatte Mühe, den Freund zurückzuhalten. „Nichts anfassen!“, herrschte er ihn an. Dass Eva keines natürlichen Todes gestorben war, sah er sofort. Ihre verdrehte Haltung lenkte zwar etwas ab, dennoch war die große Wunde an ihrem Kopf nicht zu übersehen. Das Blut war inzwischen getrocknet, also musste der Mord schon ein paar Stunden her sein.
„Ruf die Polizei!“, verlangte er und sah, wie Hendrik nach seinem Handy griff. Währenddessen ließ er seinen Blick durch den Raum schweifen. Stühle und Sessel waren umgeworfen, Bilder von der Wand gerissen und auf dem Vertiko war die komplette Sammlung Kerzenständer umgeworfen.

Und mittendrin immer wieder Scherben von den Glasscheiben des Vertikos, die allesamt zertrümmert waren. Das Chaos war unbeschreiblich! Was war hier nur geschehen?
Wenig später wimmelte es im und um das Haus herum nur so von Polizisten. Anton fühlte sich wie im Film, während Hendrik sehr gefasst wirkte. Mit stoischer Ruhe beantwortete er alle Fragen. Was mochte in seinem Freund nur vorgehen? Die eigene Frau – ermordet! Was für ein Albtraum!
„Bewahren Sie Wertgegenstände hier auf?", fragte der Beamte, der sich als Hauptkommissar Bohl vorgestellt hatte.
Hendrik sah sich kopfschüttelnd um. „Nichts von besonders hohem Wert, nein, eigentlich nicht!"
„Haben Sie einen Verdacht, wer Ihrer Frau etwas hätte antun wollen?", fragte der Hauptkommissar.
Hendrik schluckte, dann sagte er: „Meine Frau hatte einen Liebhaber. Sie war ja noch jung, ich schätze, sie wollte Spaß, den ich ihr nicht geben konnte!"
„Einen Liebhaber?", entfuhr es Anton. „Seit wann das denn?"
Hendrik verzog seine Lippen zu einem schmalen Lächeln. „Anton, ich bin nicht blöd! Vermutlich hat sie sich hier immer mit ihm getroffen! Finden Sie ihn, dann finden Sie auch ihren Mörder!"
Anton schwieg betreten, während der Hauptkommissar sich eifrig Notizen machte. Dann fragte er nach ihren Alibis.
„Ich habe E-Mails verschickt, das können Sie überprüfen, zudem habe ich an einem Vortrag gearbeitet!", erklärte ihm Hendrik. Der Hauptkommissar sah Anton fragend an.
„Ähm, ich bin noch auf der Party geblieben, habe mir dann ein Taxi nach Hause genommen, weil ich etwas mehr als üblich getrunken hatte, doch auf die Uhr gesehen habe ich

nicht!“, gab Anton zu. Er spürte förmlich, wie der Beamte ihn musterte. „Also kein verwertbares Alibi!“, brummte dieser. Anton wurde knallrot, doch Hendrik sprang ihm zur Seite. „Wir kennen uns eine Ewigkeit, er würde Eva nie etwas antun. Außerdem ist sie gar nicht sein Typ!“
Während sich Anton fragte, wie Hendrik das so genau wissen konnte, blieb sein Blick an dem Schachbrett hängen. Es stand auf dem kleinen runden Tisch direkt unter dem Fenster. Hendrik und er hatten die Partie vorletzten Samstag begonnen und wollten am kommenden Wochenende weiterspielen. Den nächsten Spielzug hatte Anton sich längst ausgemalt.
„Kannst du mich zurückfahren?“, bat Hendrik und riss Anton damit aus seinen Gedanken. „Natürlich!“, sagte er und als der Hauptkommissar nickte, verließen die beiden das Ferienhaus.
„Nun bin ich also Witwer!“, stellte Hendrik fest, als Anton den Wagen startete.

Bei der Beerdigung hielt sich Hendrik Konsalins tapfer. Er nahm die Beileidsbekundungen der vielen Trauergäste mit unbeweglicher Miene entgegen und Anton entging nicht, dass auch der Hauptkommissar anwesend war.
„Er hofft wohl, dass Evas Liebhaber sich hier blicken lässt!“, stellte Hendrik verächtlich fest, als Anton ihn hinterher nach Hause brachte. „Kommst du noch auf einen Kaffee mit rein?“, fragte Hendrik. Anton nickte und folgte ihm ins Haus. Es wurde Zeit für die Wahrheit. „Du hast sie umgebracht!“, sagte er, als Hendrik gerade den Kaffee aufsetzen wollte. „Du hast draußen gewartet, bis Eva die Party verließ. Dann hast du sie in deinen Wagen gelockt oder gezerrt und bist mit ihr in euer Ferienhaus gefahren. Und dort ist euer

Streit dann vermutlich eskaliert. Ein Wort gab das andere und du hast sie erschlagen!"
Hendrik sah ihn überrascht an. „Wie kommst du denn auf so einen Unsinn?" Anton ließ ihn keine Sekunde aus den Augen. „Du bist viel zu ruhig, mein Freund!", sagte er dann. „Ich erinnere mich, wie du auf der Party jeden männlichen Gast beäugt hast. Das geht schon eine ganze Weile so. Deine Eifersucht hat dich rasend gemacht und du bist durchgedreht, als sie allein auf der Party geblieben ist."
„Ich habe ein Alibi!", zischte Hendrik tonlos.
Anton schüttelte den Kopf. „Das ist nichts wert! Wenn sie deinen Computer unter die Lupe nehmen, werden sie feststellen, dass die Mails zeitversetzt gesendet wurden. Und deinen Vortrag hat dein Computer automatisch gespeichert, das kann man einstellen. Du hast an fast alles gedacht, aber eben doch nicht an alles. So pedantisch wie du in allem bist, hast du das Schachbrett nicht angerührt. In all dem Chaos ist keine einzige Figur auch nur verrutscht. Ein wütender Liebhaber hätte darauf mit Sicherheit keine Rücksicht genommen! Gib es zu, erleichtere dein Gewissen, die Polizei kommt dir sowieso auf die Schliche! Es ist nur noch eine Frage der Zeit! Sobald alle Spuren ausgewertet sind, werden sie es wissen."
Hendrik sackte in sich zusammen. „Sie wollte mich verlassen!", sagte er tonlos. „Sie war meine Frau, Anton, ich habe sie geliebt, aber sie wollte mich verlassen! Das konnte ich nicht zulassen!"

Ein tödlicher Bissen

„Noch Früchtebrot?“ Maria Hiller, die gerade dabei war, Teller an alle Teilnehmer des Probekochens zu verteilen, wäre fast über Gertrud Kanter gestolpert. Wie aus dem Nichts war diese hinter ihr mit weiterem Früchtebrot aufgetaucht. Gertrud Hiller war seit Jahren eine nicht wegzudenkende Größe in der Gemeinde, keine Veranstaltung lief ohne sie. Sie organisierte schlichtweg alles. Vom Kaffeelöffel bis hin zur Saaldekoration. Und manchmal rief sie, wie heute, auch zum Probekochen auf, damit der neue Herd nicht bei der nächstbesten Veranstaltung für eine böse Überraschung sorgte. Maria hatte freiwillig angeboten mitzuhelfen. Allzu oft hatte sie nicht die Gelegenheit, sich in die Gemeinde einzubringen. Sie hatte keine Kinder, damit fehlte ihr ein wichtiger Anknüpfungspunkt, und zudem war sie nicht verheiratet. Seit ihre Mutter in einem Rentnerdomizil lebte, verdiente sich Maria ihren Lebensunterhalt mit Putzdienstleistungen. Und das lief sogar richtig gut. Eine Putzfrau war offenbar das neue Statussymbol. Sie konnte sich jedenfalls vor Nachfragen kaum retten und war sogar schon gezwungen, einige Anfragen abzulehnen. Die von Herrn Wöller natürlich nicht. Als Kirchenvorstand hatte sie ihm den Vorzug gegeben. Und auch bei Gertrud Kanter putzte sie zwei Mal die Woche, ebenso wie beim Organisten, Konrad Diestel, der ein besonderes Faible für Kirchenarchitektur hatte. Er baute sogar römische Kathedralen im Kleinformat nach, die überall in seiner Wohnung herumstanden und einstaubten. Maria hatte unlängst der Santa Maria Maggiore zu neuem Glanz verholfen und ihn damit glücklich gemacht.

Während Maria das Früchtebrot an den Pfarrer und den neuen Diakon verteilte, nahm das Unheil seinen Lauf. Ferdinand Wöller griff nach dem Arm des Pfarrers, zu dem er sich gerade gesellte, dann fiel er einfach um. Geschirr polterte zu Boden, Pfarrer und Diakon schrien auf. „Rufen Sie einen Notarzt!“, fuhr Maria den Diakon an, während sie sich daranmachte, erste Hilfe zu leisten. Doch noch ehe sie etwas tun konnte, wurde sie von Gertrud Kanter beiseitegeschoben. „Ich habe gerade einen Erste-Hilfe-Kurs gemacht!“, rief sie. Ihre ihr ständig von der Nase rutschende Brille legte sie rasch auf einen Teller, den sie Adele Kurze, einer jungen Frau, die gerade damit beschäftigt war, das heruntergefallene Geschirr aufzusammeln, entschlossen aus den Händen nahm. „Der bleibt hier!“, verkündete sie, dann knöpfte sie Wöllers Hemd auf und riss ihm die Krawatte vom Hals.

Kurz darauf traf der Krankenwagen ein. Sanitäter und Notarzt kümmerten sich um Wöller, während Gertrud Kanter ihre Brille suchte und sie dann auf dem abgestellten Teller auch wiederfand. Wenig später nahmen die Sanitäter Ferdinand Wöller mit.

Natürlich war die Stimmung nun dahin. Niemanden interessierte mehr das Früchtebrot.

„Der arme Ferdinand!“, jammerte Antonia Drev. Maria kannte sie gut, bei den Drevs hatte sie vorletztes Jahr ihre erste Putzstelle angenommen. Antonia Drev und ihr Mann Karl-Heinz waren engagiere Gemeindemitglieder, die immer zur Stelle waren, wenn man sie brauchte. Dass ihre Kräfte mit Mitte achtzig langsam nachließen, akzeptierten sie nur schwer. Antonia Drev war früher Grundschullehrerin gewesen und Karl-Heinz interessierte sich für alles, was mit Kreuzen zu tun hatte. Seitdem Maria bei ihnen putzte, hatte sie so jede Menge darüber erfahren. Das war überhaupt eine der am meisten unterschätzten Nebenwirkungen ihres Berufes, sie bekam so viel mit und lernte dabei sogar meistens noch etwas hinzu. Wie eben über Kreuze. Oder bei der guten Gertrud Kanter, die vor ihrer Ehe Biologie studiert hatte und seit Jahren in einem kleinen Gewächshaus Orchideen züchtete. Das wussten in der Gemeinde auch nur die wenigsten.

„Ferdinand ist tot!“, unterbrach plötzlich Konrad Diestel das Gemurmel. „Der Pfarrer ist ja hinterhergefahren und er hat eben angerufen. Ferdinand ist noch im Rettungswagen verstorben! Sie vermuten einen Herzinfarkt oder so!“

Mit diesem Ausgang hatte wohl keiner gerechnet. Schließlich war Wöller gerade mal Mitte fünfzig und bei guter Gesundheit gewesen. Das hatte er angesichts seiner Wahl zum Kirchenvorstand erst vor ein paar Monaten überall verkündet. Und dann starb er einfach?

„Nun, um seine Beerdigung brauchen wir uns wohl nicht zu sorgen!“, sagte Gertrud Kanter spitz. „Schließlich war er ja Bestatter! Erbt nicht sein Sohn jetzt?“ Nicht nur Maria fand die Bemerkung völlig unpassend, doch dass Gertrud Kanter und Wöller einander nicht unbedingt geliebt hatten, war auch kein Geheimnis. Schon zum dritten Mal hatte Wöller Gertrud Kanter bei der Wahl besiegt und manche munkel-

ten, dass er überhaupt nur deshalb ein drittes Mal angetreten war, um die Kanter zu ärgern. Sie war und blieb die ewige Stellvertreterin. Zumindest bis jetzt. Nun rückte sie nach und schien sich dessen auch bewusst zu sein. Ungläubig schüttelte Maria den Kopf. Hier taten sich ja Abgründe auf. Doch das war erst der Anfang.
„Jeder kriegt, was er verdient!“, hörte Maria nämlich auch am nächsten Tag. Und das ausgerechnet von Konrad Diestel, dem sie diese Art der Nachrede nun am wenigsten zugetraut hätte.
„Hören Sie auf, so was sagt man nicht über einen Toten!“, erinnerte ihn Maria, während sie dabei war, Laterano vom Staub zu befreien.
„Schon klar!“, gab Herr Diestel zu. „Aber Sie wissen, was man über ihn sagt?“
Maria wusste es nicht, also klärte Herr Diestel sie auf. „Er war ein gerissener Geschäftsmann! Sein Unternehmen hat gute Gewinne gemacht. Klar, Bestattungen sind teuer! Aber es wird erzählt, dass er es nicht so genau genommen haben soll. Da sollen wohl schon mal mehrere Leichen auf einmal verbrannt und die Asche dann einfach aufgeteilt worden sein!“
Maria war entsetzt. „Das ist kriminell!“, stellte sie fest. „Und überhaupt, als Kirchenvorstand soll er so was gemacht haben? Nein, hören Sie bloß auf, dass reden die Leute doch nur, weil sie ihm seinen Erfolg nicht gönnen! So ein Mann hat doch immer Feinde.“
Herr Diestel verdrehte nur die Augen. Als Maria ihn verließ, um zu Gertrud Kanter zu marschieren, traf sie Antonia Drev, die auch Andeutungen machte. „Offenbar war der gute Wöller nicht halb so beliebt, wie ich dachte!“, entfuhr es Maria.

„Ach, Kindchen, wenn Sie erst mal so alt sind wie ich, dann merken Sie schnell, dass die menschlichen Abgründe tiefer sind als die Hölle selbst!“, erklärte ihr Antonia. „Man munkelt übrigens, dass es kein Herzinfarkt war. Vermutlich Gift!“
Prompt fiel Maria wieder Adele ein. Hatte die es nicht ziemlich offensichtlich auf Wöllers Teller abgesehen gehabt? Und auch seine zu Boden gefallene Kaffeetasse ganz fix weggeräumt? Wenn das nicht verdächtig war!
„Was für ein Gift war es denn?“, hakte Maria nach. Doch Antonia zuckte die Schultern. „Keine Ahnung. Irgendwas Seltenes. Der Diakon sagte es mir vorhin. Natürlich wird nun ermittelt! Sie haben die Küche schon untersucht. Aber wir haben ja gestern Abend noch alles in die Spülmaschine geräumt! Nun sind sicher die meisten Spuren futsch!“
Maria schüttelte instinktiv den Kopf. Da hatte sich jemand wirklich Mühe gegeben! Und natürlich auch fest damit gerechnet, dass der Mord als solcher nicht sofort auffallen würde. Aber Adele? In Gedanken ging Maria alles durch, was sie wusste. Adele war zu offensichtlich, zudem hatte sie überhaupt kein Motiv! Soweit Maria das beurteilen konnte, kannten sich die beiden nur vom Sehen. Aber irgendjemand hatte Wöller vergiftet. Und Maria fiel es plötzlich wie Schuppen von den Augen. Was hatte Antonia über die menschlichen Abgründe gesagt? Maria zückte ihr Handy. Sie musste wissen, wie das Gift hieß, mit dem Wöller vergiftet wurde!
Als Maria endlich bei Gertrud Kanter ankam, war sie eine gute Stunde zu spät. Sie fing im Erdgeschoss an und arbeitete sich bis zum Lesezimmer im ersten Stock vor. Dort fand sie, wonach sie gesucht hatte: einen Stapel Zeitschriften über Pflanzen. Schnell durchforstete sie sie nach einer be-

stimmten Ausgabe. Dass sie sie tatsächlich fand, überraschte Maria geradezu.
„Die sind mir letzte Woche umgefallen!“, erklärte Maria der verdutzten Gertrud Kanter wenig später. „Wollen Sie die Polizei rufen oder soll ich?“
„Die Polizei?“, fragte Gertrud Kanter ungläubig. Doch Maria hörte das Zittern in ihrer Stimme.
„Sie haben wirklich geglaubt, damit durchzukommen, nicht wahr? Deshalb haben Sie auch die Zeitschrift nicht entsorgt! Das war leichtsinnig, denn ich habe sie letzte Woche durchgeblättert. Mir hat die schöne Pflanze auf dem Titelblatt gefallen – Cerbera Odollam. Sieht ein bisschen aus wie Oleander, wofür ich sie auch gehalten habe. Bis Sie mich aufgeklärt haben! Und dabei auch erwähnten, dass sie aus Indien stammt und hierzulande so gut wie unbekannt ist. Sie erwähnten ebenfalls, dass sie in Indien als Selbstmordpflanze berühmt ist! Und dann haben Sie mir voller Stolz berichtet, dass es Ihnen vor Jahren gelungen sei, eine zu züchten! Inmitten Ihrer Orchideen! Wöller wurde mit Cerbera Odollam vergiftet. Ich habe das vorhin gegoogelt, ein paar Körner reichen schon aus. Sie sind nur senfkorngroß und da sie gallebitter sind, würde sie wohl keiner freiwillig zu sich nehmen. Doch im Früchtebrot fielen sie nicht auf, nicht wahr? Deshalb haben Sie Adele auch den Teller abspenstig gemacht, angeblich für Ihre Brille! Ganz schön clever, so konnten Sie das betreffende Stück unauffällig einkassieren! Nur wozu das Ganze eigentlich? Was bringt eine angesehene Frau wie Sie dazu zu morden? Sie sind Christin! Mord ist eine Todsünde!“
„Was wissen Sie schon?“, brach es aus Gertrud Kanter heraus. „Sie haben das fein kombiniert, herzlichen Glück-

wunsch! Aber es hat keinen Unschuldigen getroffen! Er hat mich diffamiert in der Gemeinde, Stimmen gekauft, um mich zu ärgern, einfach so, weil es ihm Spaß gemacht hat! Er war der Kirchenvorstand, ich nur seine Stellvertreterin! Ich habe die Arbeit gemacht, er hat das Ansehen dafür bekommen! Ich war bei ihm, vor der letzten Wahl. Habe ihn angefleht, nicht anzutreten, damit ich wenigstens ein einziges Mal zum Zug kommen würde. Doch was macht er? Er dreht extra voll auf – nur um mir eins auszuwischen. Er hat es nicht besser verdient! Ich wollte nachrücken. Ich wollte nur einmal den Lohn bekommen, der mir zusteht!"
Maria erschauerte. Dann griff sie zum Handy und rief die Polizei.

Die Kirche von Bethlehem

Eigentlich ist es nicht meine Art, unangemeldet bei jemandem vor der Tür zu stehen. Doch an diesem Nachmittag begann es auf einmal derart zu regnen, dass ich mich spontan entschloss, bei Johanna Müller Halt zu machen, bevor ich auf meinem Rad pitschnass wurde. Auch wenn ich seit drei Jahren pensioniert und mit Ende sechzig nicht mehr die Jüngste war, bei uns auf dem Land muss man mobil bleiben, sonst ist man verloren. Selbst die Johanna, bei der ich nun vor der Tür stand, ist mit ihren 87 Jahren noch ganz gut beieinander. Wir kennen uns schon gut dreißig Jahre, so lange hatte ich beim einzigen Arzt in der Gegend als Schwester gearbeitet.

„Komm rein, Hannelore, hier draußen ist es ganz schön frisch!", empfing sie mich. Sie wirkte zerbrechlich wie immer, aber auch zäh. Wir gingen ins Wohnzimmer und wie immer bewunderte ich ihre Bücher und Bilder an der Wand. Wir teilten ein Hobby, das nicht sonderlich verbreitet ist, wir schwärmen nämlich beide für Bethlehem. Ich seit einer Reise mit unserer Gemeinde vor knapp drei Jahren, Johanna schon seit mehreren Jahrzehnten. Und im Gegensatz zu mir war sie auch mehr als einmal dort. Ihre Reiseerinnerungen füllten mehrere Fotoalben. Sie war nicht nur eine attraktive Frau gewesen, sondern auch unabhängig, was vor vierzig,

fünfzig Jahren längst nicht so normal war wie heute. Vielleicht hatte sie deshalb nie geheiratet, um sich ihre Unabhängigkeit zu bewahren. Sie hatte mit Mitte zwanzig die Färberei ihrer Eltern übernommen, den trinkenden Bruder ausgezahlt und hart gearbeitet, aber eine Reise pro Jahr ließ sie sich nicht nehmen. Und oft reiste sie zu biblischen Städten. Hauptsächlich Israel natürlich und dort eben gern nach Bethlehem. Die Federzeichnung über ihrem Kamin gefiel mir besonders gut.
„Die hat Carmen mir geschenkt!“, sagte Johanna, als sie meinen Blick bemerkte. „Mit Tinte und Feder, sie ist sehr talentiert!“
Carmen war ihre jüngste Nichte, inzwischen auch schon Mitte vierzig. Carmen und ihre Schwester Marianne waren die beiden Töchter von Johannas inzwischen verstorbenem Bruder. Aus einem aberwitzigen Grund, der mir völlig schleierhaft war, hatten die Schwestern vor einiger Zeit beschlossen, zu ihrer Tante zu ziehen, damit diese nicht in ihrem Alter allein sein müsste. Und Johanna war viel zu freundlich und höflich, um sie wegzuschicken. Ich vermutete ja Geldprobleme. Beide hatten, ähnlich wie ihr Vater, ihr Leben nie ganz auf die Reihe bekommen. Johanna hatte die beiden immer unterstützt, sie waren alles, was der alten Dame an Familie geblieben war. Mir persönlich waren Carmen und Marianne gleichermaßen unsympathisch, aber das behielt ich für mich. Aus dem Augenwinkel heraus sah ich, wie Johanna sich an einer Pillendose zu schaffen machte. „Dieses blöde Ding klemmt manchmal“, stellte sie kopfschüttelnd fest. „Werde bloß nicht so kränklich wie ich, Hannelore, sonst musst du auch drei, vier Mal am Tag Pillen schlucken!“
Ich nickte mitfühlend. Johanna war seit Jahren herzkrank.

Doch sie war gut eingestellt. Sie schluckte ihre Tabletten mit einem Glas Wasser, während draußen der Regen an die Scheiben peitschte. Wir machten es uns auf dem Sofa gemütlich und gerade als Johanna nach dem Album von 1978 greifen wollte, griff sie sich an die Brust. „Mir ist auf einmal so übel!“, keuchte sie zitternd. Automatisch griff ich nach ihrer Hand, ihr Puls raste. Zum Glück hatte mein Mann Lothar mir ein Handy aufgenötigt, im Stillen dankte ich ihm dafür. Schnell setzte ich den Notruf ab, dann kümmerte ich mich um Johanna. Zum Glück traf die Hilfe schnell ein. Ich schnappte mir die Tablettenbox und begleitete Johanna natürlich ins Krankenhaus. Auf dem Weg dorthin verschlechterte sich Johannas Zustand zusehends.
„Es hat angefangen, nachdem sie ihre Herztabletten genommen hat!“, berichtete ich dem Notarzt und besah mir die Tabletten genauer. Auch wenn ich kein Arzt war, aber ich konnte eins und eins zusammenzählen. Hier stimmte etwas nicht. Wir bogen gerade Richtung Krankenhaus ab, als bei mir im Kopf geradezu ein ganzes Münzdepot ins Rutschen geriet. Natürlich! Wieso war ich da nicht gleich draufgekommen? Im Krankenhaus stand die Diagnose schnell fest: Überdosis Digitalis! Ich fühlte mich so überflüssig wie nur selten zuvor. Hier konnte ich nichts mehr für Johanna tun. Während die Notfallbehandlung anlief und ihr Zustand immer kritischer wurde, rotierten meine Gedanken. Ich musste der Sache auf den Grund gehen.
Eine Viertelstunde später holte mich Lothar vom Krankenhaus ab. Ich hatte ihn angerufen, da mein Fahrrad ja noch vor Johannas Haus stand. Dorthin ließ ich mich auch von ihm bringen.
„Ich besorge uns eine Flasche Wein für heute Abend, nach

dem Schock koche ich dir erst mal was Schönes!“, tröstete mich mein Mann. Der Gute! Immer besorgt um mich! Und das nach fast fünfzig Jahren Ehe noch! So ein Glück musste man erst mal haben! Johanna hatte es nie gefunden, schoss es mir durch den Kopf. Die gute Johanna! So ein Ende hatte sie nicht verdient! Als ich an der Tür klopfte, öffnete mir Marianne. Carmen hörte ich in der Küche rumoren.
„Was ist denn passiert?“, wollte Marianne wissen. Sie sah besorgt aus. Spielte sie mir etwas vor? Ich traute ihr alles zu. Ebenso wie Carmen, die gerade mit einer Kanne Tee das Wohnzimmer unten betrat.
„Es tut mir so leid, aber Johanna ist an einem Herzanfall gestorben!“, teilte ich den beiden mit. Ich drückte mich so knapp und unpräzise aus wie möglich und sie fragten nicht nach. Sie nahmen das von mir Gesagte als gegeben hin und ich staunte. Sie glaubten mir! War es so einfach? Carmen zückte ein Taschentuch und schnäuzte sich umständlich, während Marianne um Fassung rang. Oder zumindest so tat. Sie waren beide schlechte Schauspielerinnen. Mein Blick fiel auf die Anrichte. Die Medikamentenbox hatte ich geistesgegenwärtig mitgenommen vorhin, nun fielen mir die ganzen Schachteln und Döschen auf, die danebenstanden und lagen. Ein unüberschaubarer Wust, da konnte man schon mal durcheinanderkommen! Oder etwas durcheinanderbringen.
„Die arme Tante Johanna!“, schluchzte Marianne laut auf.
„Nun, 87 ist ein schönes Alter!“, versuchte ich mich an einem halbherzigen Trost. „Immerhin seid ihr Johannas einzige Verwandte, ihr erbt doch alles! Das große Haus, das Grundstück, das ganze Geld! Fast eine Million, oder?“ Ich beobachtete die beiden, doch während Marianne es mir

nicht leicht machte, weil sie ihr Gesicht in ihre Hände vergraben hatte, stürzte Carmen auf einmal davon.
„Tante Johanna hat mir alles vererbt!“, stellte sie wenig später triumphierend fest und schwenkte ein Stück Papier hin und her. „Das letzte, handschriftliche Testament gilt! Und das hier ist erst von letztem Monat!“
Marianne richtete sich auf und starrte ihre Schwester an, als wäre sie ein Geist. Damit hatte ich nun nicht gerechnet! Marianne wurde kreidebleich und stotterte: „Das kann nicht sein! Tante Johanna hat immer gesagt, wir erben zusammen zu gleichen Teilen! Sie hätte dir niemals alles vermacht!“
„Hat sie aber!“, behauptete Carmen lächelnd. „Sie hat mich eben mehr geliebt als dich!“
Hannelore hörte eine Weile zu, wie sich die beiden Schwestern in den Haaren lagen. „Du hättest eben mehr auf sie eingehen müssen!“, warf Carmen ihrer Schwester vor. Hannelore nahm das Stichwort gern auf. „So wie Sie, nicht wahr? Sie haben versucht, Johanna mit Ihren Bildern einzuwickeln. Und wie man sieht, hat Johanna Ihre Kunstfertigkeit ja auch zu schätzen gewusst!“ Hannelore deutete mit dem Kopf auf die Geburtskirche von Betlehem über dem Kamin. „Ein wirklich schönes Bild! Haben Sie es von einem der Fotos abgezeichnet, die Johanna mitgebracht hat? Sicher! Genauso sicher wie Sie die Tabletten vertauscht haben! Oder waren Sie beide das zusammen? Doch egal! Das hier“, Hannelore riss Carmen blitzschnell das angebliche Testament aus den Händen, „wird sicher von einem Graphologen untersucht werden. Wie ich Johanna kenne, wird sie es interessieren, wer sie umbringen wollte! Es sah so einfach aus: ein paar Tabletten vertauschen und dann einfach nur abwarten, bis sie tot umfällt. Es wäre ja keiner

hier gewesen! Bis zu dem Punkt waren Sie sich noch einig. Doch für danach hatten Sie, Carmen, eigene Pläne. Warum mit der Schwester teilen, wenn Sie auch alles für sich allein haben konnten? Doch Sie haben die Rechnung ohne mich gemacht! Johanna war nicht allein und sie ist nicht gestorben! Sie ist im Krankenhaus und wird sicher wieder auf die Beine kommen! Und dann wird sie bestimmt wirklich bei einem Notar ein Testament aufsetzen. Nur Sie beide werden darin wohl nicht mehr vorkommen."
Bevor die beiden ihre Fassung zurückgewinnen konnten, machte ich mich mit dem gefälschten Testament aus dem Staub. Zum Glück hatte mein Lothar nicht nur mein Fahrrad im Kofferraum verstaut, sondern auch auf mich gewartet. „Schnell, zur Polizei!", wies ich ihn an. Nur wie ich Johanna erklären sollte, dass ihre eigenen Nichten sie hatten umbringen wollen, wusste ich noch nicht. Doch das, hoffte ich, würde mir morgen schon noch einfallen.

Der Supermann aus der 8b

„Ja, sag mal ..." Luitpold Schwarz, seines Zeichens pensionierter Pfarrer, fehlten die Worte. Was war das denn? Ein Außerirdischer? Ein Marsmännchen? Ein blaues Ungetüm? Vor allem stellte sich die Frage, wie war es an seine Garage gekommen? Oder anders ausgedrückt: Wer hatte es gewagt, dieses Was-auch-immer da dran zu sprühen? Oder sagte man auf Neudeutsch *sprayen*? Luitpold Schwarz rieb sich erschüttert die Stirn. Zweiundsiebzig war er letzten Herbst geworden, die meiste Zeit seines Lebens war er Pfarrer gewesen. Es gab nicht viel, was ihm die Sprache verschlug. Dieses überdimensionale Ding schon. Je länger er es betrachtete, desto mehr drängte sich ihm der Eindruck auf, dass der Künstler noch nicht sehr geübt sein konnte.

„Wo bleibst du denn?", wurde er plötzlich aus seinen Gedanken gerissen. Ehe er antworten konnte, stand Margarete hinter ihm. Sie waren Zwillinge und seit seiner Pensionierung lebten sie wieder zusammen. Sie führte ihm den Haushalt, was insofern bitter nötig war, als der gute Herr Pfarrer, wie er immer noch von allen genannt wurde, kaum imstande war, sich einen Kaffee zu kochen. Obwohl Margarete ihn im Verdacht hatte, dass er sich absichtlich so anstellte, damit man ihn mit Haushaltsdingen nicht behelligte.

„Ja, sag mal, was ist das denn?" Margarete bestaunte das

Kunstwerk ebenso entgeistert wie er selbst. „Das sieht ja grässlich aus! Luitpold, mach das weg!“, verlangte sie.
„Wie stellst du dir das denn vor?“, protestierte er. „Das ist Vandalismus! Das muss man zur Anzeige bringen! Ich hatte die Garage erst vor ein paar Wochen frisch gestrichen! Auf dein Drängen hin, wenn du dich erinnerst!“
Er selbst erinnerte sich noch sehr gut. Vor allem daran, wie anstrengend es gewesen war. Er malerte nun mal nicht gern! Zumal in seinem Alter. Aber Margarete konnte es ja nicht lassen, Beschäftigungen für ihn zu suchen, die sie für sinnvoll hielt. Wenn jetzt der ganze Spuk von vorn begann ... nein, daran wollte er nicht denken, er wollte den Dorfpolizisten anrufen, sollte der sich kümmern! Dann würde hoffentlich jemand für diese Schmiererei aufkommen und sie beseitigen. Missmutig folgte Pfarrer Schwarz seiner Schwester ins Haus, als er etwas im Gras liegen sah. Kopfschüttelnd bückte er sich. „Und die Beete niedergetrampelt haben sie auch!“, stellte er brummend fest.

„Euch haben Sie ein Graffiti an die Wand gesprayt?“ Elke Taun kicherte. Sie war Pfarrer Schwarz’ Patentochter und seit einiger Zeit als Religionslehrerin tätig. Deshalb klärte sie die beiden älteren Herrschaften auch darüber auf, mit was man ihre Garage da verziert hatte. „Das ist Superman!“, lachte sie. „Kein Außerirdischer, na ja, zumindest kein Marsmännchen, denn von einem anderen Stern kommt er schon!“, erklärte sie.
„Schön ist es jedenfalls nicht!“, warf Margarethe ein. „Ich frage mich nur, wer auf so eine blöde Idee kommt!“
Auch wenn Margarete nur zu gern die Polizei informiert hätte, konnte ihr Bruder sie davon abhalten.

„Ach, die haben Besseres zu tun, als sich um ein paar niedergetrampelte Blumen und eine beschmierte Wand zu kümmern!“, erklärte er seiner erstaunten Schwester. Davon, dass er selbst den Vorschlag gemacht hatte, wollte er nichts mehr wissen. Elke schlug sich auf die Seite ihres Patenonkels.
„Onkel Luitpold hat recht, das war ein dummer Streich, auch wenn man es offiziell sicher schon als Sachbeschädigung bezeichnen könnte.“
Margarete beruhigte sich wieder und begann, Elke über den neuesten Dorfklatsch auszufragen. Pfarrer Schwarz zog sich zurück. Als er sich ganz sicher war, nicht beobachtet zu werden, zog er den braunen Geldbeutel, der im Garten gelegen hatte, aus der Tasche. Es befand sich alles Mögliche darin, nur kein Geld. Neben ein paar Schmierzetteln steckte aber ein Schülerausweis darin. Und auf diesem prangte nicht nur ein Lichtbild, sondern auch ein Name: Tim Kreuzer! Natürlich kannte Pfarrer Schwarz ihn. Die Kreuzers waren angesehene Leute. Christian Kreuzer betrieb einen gut florierenden Schreinerbetrieb, Sabine gehörte die einzige Apotheke weit und breit. Sie waren nette Leute. Er selbst hatte Sabine damals getauft! Und den Tim auch. Dass der jetzt unter die Rowdies gegangen sein sollte, konnte er nicht glauben. Hatte den Jungen jemand dazu angestiftet? Oder gar bedroht?
Pfarrer Schwarz beschloss, Margarete nicht einzuweihen, als er sich am nächsten Morgen Richtung Schule aufmachte. Es war noch sehr früh und er hoffte, Tim am Schulbus abpassen zu können. Dort sah er ihn auch, zusammen mit zwei weiteren Jungen, die ihm lediglich vom Sehen her bekannt vorkamen. Die Zeiten, als er noch jeden einzelnen Schüler persönlich kannte, waren längst vorbei. Nicht nur,

weil er älter geworden war, sondern vor allem, weil in den letzten Jahren gleich mehrere Neubaugebiete rund um das alte Dorf entstanden waren. Einfamilienhäuser, hübsch auf dem Reißbrett entworfen, reihten sich aneinander wie auf einer Perlenschnur. Und nur ein Bruchteil der neuen Bewohner war katholisch. Kein Wunder, dass es inzwischen viele unbekannte Gesichter in der Gegend gab. Da die drei Jungen sich nicht voneinander trennen konnten oder wollten, nahm Pfarrer Schwarz die Verfolgung auf. An der Bushaltestelle vor der Schule bot sich eine neue Möglichkeit, Tim zu erwischen, dieses Mal klappte es.

„Ich war das nicht!", stammelte er, als Pfarrer Schwarz ihn mit seinem Verdacht konfrontierte. „Und wie kommt dein Geldbeutel in unseren Garten, Junge?", fragte Pfarrer Schwarz. „Los, raus mit der Sprache!"

„Der wurde mir gestohlen!", behauptete Tim. „In der Schule, als ich meine Jacke über dem Stuhl habe hängen lassen!" Und dabei blieb er. „Ich muss jetzt los!", sagte Tim. „Kann ich den Schülerausweis wiederhaben?"

„Den kannst du dir mit deinen Eltern zusammen abholen!", blieb Pfarrer Schwarz hart. Wenn der Junge die Wahrheit sagte, würde er am Abend schon mit seinen Eltern auftauchen. Und wenn nicht – nun, dann war auch das ein Beweis und er würde weitersehen. Wie auch immer, im Moment brauchte er also nichts weiter tun, als zu warten.

Als Tim weg war, ging der Pfarrer alles noch einmal durch. Gut, es war kein Geld im Geldbeutel gewesen, überlegte er. Ein Indiz dafür, dass Tim die Wahrheit sagte? Wer auch immer den Geldbeutel gestohlen und dann seine Garage beschmiert hatte, hatte das Geld herausgenommen, den Schülerausweis als Beweisstück dringelassen und Tim somit zum Täter gemacht. Und er war darauf reingefallen? Pfarrer Schwarz überlegte. So könnte es gewesen sein! Hatte er Tim zu Unrecht verdächtigt? Wer könnte den Geldbeutel denn gestohlen haben? Pfarrer Schwarz sah ein, dass er allein nicht weiterkam. Er brauchte Hilfe!

„Ein Dieb? In unserer Schule?“ Elke fiel aus allen Wolken, als Pfarrer Schwarz sie einweihte. „Das muss ein Missverständnis sein, Onkel Luitpold. Ich bin seit fünf Jahren hier an der Schule, und hier wurde noch nie etwas gestohlen!“ Pfarrer Schwarz sah ein, dass er so auch nicht weiterkam. Sein Gefühl sagte ihm, dass hier etwas nicht stimmte, auch wenn kein Kapitalverbrechen begangen wurde, die Lösung musste doch zu finden sein! Diese ganzen Hobbydetektive in seinen Kriminalromanen bekamen doch auch immer alles raus!

Am Abend wartete er gespannt. Gegen acht Uhr klopfte es zaghaft, da wusste Pfarrer Schwarz Bescheid!

„Ich wusste, dass du kommst!“, empfing er Tim. „Und du hast deinen Eltern nichts gesagt?“

Tim schüttelte den Kopf. „Ich krieg solchen Ärger, wenn das rauskommt!“, gab er zu.

„Das solltest du auch! Du hast die Beete niedergetrampelt, die Garage beschmiert und einen Pfarrer angelogen! Was hast du erwartet? Du bist vierzehn Jahre alt, kein Kleinkind mehr! Warum machst du so einen Unsinn?“

Tim senkte betreten die Augen. „Es war eine Mutprobe!“, gab er zu. „Ich wollte doch auch endlich mal ein eigenes Graffiti sprayen! An eine echte Wand! Das mit den Beeten war keine Absicht! Ich habe meinen Geldbeutel vermisst, er muss mir aus der Tasche gefallen sein, also hab ich ihn gesucht. Doch dann habe ich Sie kommen hören und bin schnell weg ...“

Pfarrer Schwarz hatte Mühe, ernst zu bleiben. Doch Strafe musste sein! „Du bringt das wieder in Ordnung!“, verlangte er. „Oder denkst du, dass ich deine Schmiererei wegmache?“
Tim schüttelte den Kopf. „Nein, natürlich nicht. Tut mir leid. Superman ist mir nicht so gut gelungen! Ich hatte die ganze Zeit Angst, dass jemand kommt! Deshalb habe ich mich auch so beeilt. Und dann noch schnell ein Foto gemacht, damit die Jungs mir auch glauben!“
Pfarrer Schwarz atmete tief durch. Klar, die zwei Anstifter oder Mitläufer oder wie immer man sie bezeichnen wollte, waren ja auch noch da!
„Deine Freunde hängen in der Sache mit drin! Ich würde vorschlagen, sie helfen dir beim Anstreichen. Oder sind es eher solche Freunde, die sich bei Schwierigkeiten aus dem Staub machen?“
„Nein, so sind sie nicht! Eric und Daniel sind echt gute Freunde! Sie helfen mir bestimmt!“
„Das ist gut!“, brummte Pfarrer Schwarz. „Dann lass dir helfen! Und wenn ich mit dem Ergebnis zufrieden bin, erlaube ich euch, die hintere Wand als Übungsfläche zu benutzen! Und deinen Eltern sagen wir, dass du schließlich zu mir gekommen bist, einverstanden? Das entspricht zumindest der Wahrheit! Der Rest bleibt unser Geheimnis!“
Tim lächelte ihn dankbar an. „Klar, Herr Pfarrer. Ich habe noch Farbe übrig! Wenn ich lange genug übe, kriege ich den Superman bestimmt noch besser hin!“

Der tiefgefrorene Beweis

Hauptkommissar Mathis rieb sich nachdenklich das Kinn. Seine letzte Rasur war drei Tage her und genauso fühlte er sich auch. Doch es kam nicht jeden Tag vor, dass der designierte Juniorchef des größten Unternehmens der Gegend entführt wurde. Ockernbach war eine Kleinstadt, kaum mehr als 20.000 Einwohner. Solche Sachen, wie sein Chef es genannt hatte, kamen sonst nur in Großstädten vor. Eine Entführung, Mathis hatte geglaubt, sich verhört zu haben, als er zur Villa der Trottes gerufen wurde. Doch ein Blick ins Gesicht des Seniorchefs, Victor von Trotte, hatte ihm den Ernst der Lage klargemacht. Von Trotte war Fleischfabrikant und sah auch so aus, als ob er den Tag mit Blutwurst begann und mit Eisbein beendete. Eine massige Erscheinung.

„Was gedenken Sie zu unternehmen?“, hatte er gefragt und ihm dann von dem Anruf berichtet, der ihn morgens halb vier aus dem Schlaf gerissen hatte. Mathis war sich nicht sicher, ob von Trotte nicht allein deshalb so erbost war. Wer wagte es schließlich schon, einen Multimillionär um die Zeit hochzujagen? Auch wenn „solche Sachen“ hier sonst nicht vorkamen, wusste Mathis genau, was zu tun war. Er setzte die Maschinerie in Gang. Es kam noch zu einem zweiten Anruf, der allerdings so kurz war, dass man ihn nicht zurückverfolgen konnte, danach passierte geschlagene 48 Stunden lang gar nichts. Oliver von Trotte, das Entführungsopfer, war 32 Jahre alt und so was wie der Playboy der Kleinstadt. Er ließ kein Amüsement aus, ebenso wie er andererseits keine Sonntagsmesse ausließ. Der Mann war voller Gegensätze und ein Frauentyp: gutaussehend, charmant, gebildet, reich und religiös. Ob er damit bewusst provozieren wollte, durchschaute niemand so recht, jedoch freute sich die örtliche Kirchengemeinde über großzügige Spenden. Sein Lächeln, das Mathis auf den Fotos sah, wirkte so gewinnend, wie sein Körper durchtrainiert war. Optisch war er das komplette Gegenteil seines Bruders Micheal. Der wirkte auf Mathis immer wie der Nerd vom Dienst mit seiner altbackenen Brille und dem Karo-Pullunder. Eine bemitleidenswerte Erscheinung, wie Mathis fand, zudem wurde er nun noch von seinem Vater angesichts der Ereignisse von seinem lang geplanten Island-Trip zurückbeordert. „Dein Bruder ist in Gefahr, wie kannst du da nur daran denken, dich zu amüsieren!“, hatte Victor von Trotte ins Handy gebrüllt. Mathis war unfreiwillig Zeuge der Unterhaltung geworden. Armer Wicht, dachte er nur.

Am nächsten Morgen passierte dann das Unfassbare: Ockernbach hatte seinen ersten Mord zu vermelden. Spaziergänger fanden die Leiche am Waldrand. Oliver von Trotte war schnell identifiziert, und Mathis ahnte, dass er wohl kaum eine freie Minute haben würde, bevor der Mörder nicht dingfest hinter Schloss und Riegel gebracht war. Victor von Trotte nahm die Nachricht jedenfalls sehr gefasst auf, wie Mathis feststellte. Von Trotte war als eiskalter Hund bekannt. Aber dass er so gar keine Trauer zeigte, überraschte selbst die Beamten. Hartmut Becker, ein Kommissar und Kollege Mathis', der der neu gebildeten Mordkommission ebenfalls angehörte, zog die Augenbrauen hoch. „Na, mit dem werden wir unseren Spaß haben!", brummte er. Victor von Trotte kannte so ziemlich jeden von Rang und Namen im näheren und weiteren Umkreis. Und dass er sich nicht scheute, alle Kontakte zu nutzen, war bekannt. Dass es auf Anhieb keinen wirklich Verdächtigen gab, machte die Sache nicht einfacher, denn obwohl sich Victor von Trotte so gefühlskalt gab, wirklich verdächtig war er nicht. Was fehlte, war schlichtweg das Motiv, zudem hatte er von Anfang an mit der Polizei zusammengearbeitet.

„Wer hat einen Vorteil davon, wenn Oliver von Trotte aus dem Weg geräumt wird?", fragte Mathis. Becker zuckte die Schultern. „Keine Ahnung." Sie tappten im Dunkeln, und das gefiel Mathis ganz und gar nicht.

Währenddessen beschäftigte sich von Trotte trefflich mit der Organisation der Beisetzungsfeierlichkeiten. Es wurden ganzseitige Anzeigen geschaltet, der Wagen des örtlichen Bestatters parkte stundenlang vor dem Anwesen der Familie, ebenso wie der Pfarrer auf der Couch festgeklebt schien, und sämtliche Angestellte trugen Schwarz.

„Lassen wir ihm seinen Spaß und kümmern uns um die Ermittlungen!", beschloss Mathis. „Lass uns mal das Büro des Opfers checken. Vielleicht tut sich dort auch ein Verdächtiger auf. Denn bislang ist der Einzige, der wirklich etwas vom Tod des Opfers hätte, sein Bruder!"

„Der Nerd? Der bringt keinen um!", protestierte Becker. „Und selbst wenn, der hat ein astreines Alibi! Er war auf Island! Zusammen mit zig Zeugen. Außerdem gibt's auf Facebook jede Menge Posts von ihm. Und die Geodaten bestätigen das. Heutzutage kann man seinen Standort vor Facebook kaum mehr geheim halten. Und so medienaffin wie das Bübchen ist, macht der sich einen Spaß draus, die ganze Welt an seinen Leben teilhaben zu lassen, ich hab es überprüft! Donnerstag hatte er Hangikjöt zum Abendessen!"

„Hangi-was?", fragte Mathis. Becker kicherte. „Hangikjöt! Das ist die isländische Variante von geräuchertem Lamm!"

„Na ja, als Wurstfabrikantensöhnchen ist er eben kein Vegetarier!", grunzte Mathis. „Und das hat der bei Facebook gepostet?"

„Ja, hat er! Mit Foto, falls es dich interessiert. Und noch vieles mehr! Sieh es mal so, den können wir als Verdächtigen getrost abhaken!"

Als sie auf dem Firmengelände einparkten, konnte Mathis die fragenden Blicke fast körperlich spüren. Von Trotte hatte seiner Sekretärin gegenüber die Beamten angekündigt, sodass sie sofort überall vorgelassen wurden. Doch sie fanden niemanden, der auch nur ein schlechtes Wort über den Toten verlor.

„Entweder war er ein Heiliger oder die haben alle einen Maulkorb verpasst bekommen!", mutmaßte Becker. Sie waren auf dem Weg ins Labor, wo Michael von Trotte tätig war. Auch wenn er wie ein Computer-Nerd wirkte, war er keiner. Er war Chemiker, was Mathis einigermaßen überraschte. Sogar ein ziemlich guter, wie er anhand der ganzen Diplome an den Wänden schlussfolgerte.

„Sie scheinen nicht besonders betroffen vom Tod Ihres Bruders zu sein!", provozierte ihn Mathis.

„Wir waren Brüder, keine besten Freunde!", stellte Michael von Trotte klar. „Er hatte sein Leben, ich meins, so einfach ist das!"

In Ermangelung eines Verdächtigen durchsuchte Mathis erst das Büro, dann das Haus des Toten. Doch auch dort fand sich weder ein bislang unbekanntes Motiv noch weitere Anhaltspunkte. Mathis stellte dabei lediglich fest, dass die Brieftasche des Opfers offenbar verschwunden war. Hatte sie der Täter behalten? Ergab das irgendeinen Sinn? Er hatte gehört, dass Oliver von Trotte kein großer Fan von Bargeld war, er hatte nie viel dabei. Vermutlich auch nicht am Tag seiner Entführung. Wozu also seine Brieftasche einbehalten? Auch seine Kreditkarten waren seit seinem Verschwinden nicht benutzt worden. Ebenso wie es keine genauen Anweisungen zur Geldübergabe gegeben hatte. Was, wenn die Entführung nur ein Ablenkungsmanöver war, überlegte er.

Der Anruf des Pathologen riss ihn aus seinen Gedanken. Die Untersuchungen hatten gezeigt, dass das Opfer beim Auffinden maximal 48 Stunden tot gewesen sein konnte. Und während Victor von Trotte das pompöseste Begräbnis zelebrierte, das Ockernbach jemals erlebt hatte, gestand sich Mathis ein, dass er keinen wirklich Verdächtigen hatte. Der Einzige, der wirklich vom Tod des Opfers profitierte, war sein Bruder.

„Er erbt am Ende alles allein und bekommt ab Herbst, wenn der alte von Trotte sich, wie alle munkeln, in den Ruhestand verabschiedet, die Kontrolle über die Firma. Die war bislang Oliver von Trotte zugedacht, doch der fällt nun weg! Ansonsten hat schlichtweg keiner was von seinem Tod, weder der Vater noch eine Exfreundin!“, resümierte Mathis.

Mathis überlegte hin und her und je länger er überlegte, desto mehr störte ihn dieses perfekte Alibi des Trotte-Erben. Er musste seinem Bauchgefühl auf den Grund gehen. Zwei

Tage nach der Beerdigung suchte er deshalb Michael von Trotte noch einmal auf. Während er über das Firmengelände stapfte, fiel es ihm wie Schuppen von den Augen! Natürlich, dass ihm das nicht früher eingefallen war.
„Ich muss die Kühlräume überprüfen!“, erklärte er dem Schichtleiter. „Und zwar alle Kühlräume! Wie viele gibt es eigentlich und wer hat zu welchem Zutritt?“
Als der Schichtleiter einen kleinen kühlbaren Raum neben dem Labor erwähnte, ließ Mathis ihn stehen. Schnell lief er zum Labor und traf dort auf Michael von Trotte.
„Zeigen Sie mir den Kühlraum!“, verlangte er. Michael von Trotte rang sichtlich mit sich. Als Mathis ihm drohte, mit einem Durchsuchungsbeschluss wiederzukommen, öffnete er ihm die Tür. Kälte schlug Mathis entgegen. Der Raum war überschaubar, um nicht zu sagen winzig im Vergleich zu den großen Kühlhallen im Erdgeschoss. Mathis sah sich um und kniet sich dann auf den Boden. In einer Ecke des kleinen Kühlraums lag eine leere Holzpalette. Und darunter eine Brieftasche. Mit einer schnellen Bewegung griff er danach. „Die hier haben Sie wohl übersehen? Haben Sie wirklich geglaubt, damit durchzukommen?“
Michael von Trotte rückte seine Brille zurecht. Dann nickte er.
„Warum?“, fragte Mathis.
„Weil ich ihn so satthatte!“, brach es aus Michael von Trotte heraus. „Oliver! Immer nur Oliver! Der perfekte Oliver! Er konnte einfach alles, machte alles, beeindruckte jeden! Vom Pfarrer bis hin zur Putzfrau! Alle wickelte er um den Finger! Was blieb da für mich noch? Vater wollte mein Erbe auf den Pflichtteil reduzieren, damit Oliver das Geld in wohltätige Projekte in Afrika und in neue Entwicklungen stecken konn-

te! Auf meine Kosten! Das musste ich doch verhindern! Ich habe ihn Freitagabend vor meiner Abreise um ein Treffen gebeten, natürlich ist er gekommen! Es war ganz leicht, ihn zu erschlagen! Dann habe ich ihn hier drin zwischengeparkt und bin nach Island geflogen. Die beiden kurzen Anrufe mit einem Stimmwandler waren ein Kinderspiel. Und mein Vater ist so berechenbar – natürlich beorderte er mich zurück, woraufhin ich nur noch die Leiche platzieren musste. Durch das Einfrieren wurde der wahre Todeszeitpunkt vertuscht und dank des Regenwetters fiel nicht mal die Flüssigkeit auf, die beim Auftauen normalerweise entsteht. Es war der perfekte Plan, selbst das Wetter hat mitgespielt!“

„Fast!“, schränkte Mathis ein und griff nach den Handschellen. „Sie hätten nur die Brieftasche nicht übersehen dürfen! Die hat Sie verraten! Und ihr viel zu perfektes Alibi. Sie haben noch nie Ihr Abendessen gepostet, das haben wir gecheckt. Auch, dass Sie gar kein Lamm mögen! Aber nichts für ungut, den perfekten Mord gibt es sowieso nicht! Das haben schon ganz andere probiert.“

Schwarze Finger, schwarze Weste

„Meine Brosche ist weg!“, klagte Hedwig. Sie fuhr sich durch ihr silbernes Haar und zeigte auf ihren Kragen. „Siehst du, da gehört sie hin! Und nun ist sie weg!“

Dankward Brüse, mit 76 Jahren noch einer der jüngeren Bewohner des Seniorenstifts „Zur heiligen Katharina von Siena“, spitzte die Ohren. Seit einigen Wochen häuften sich derartige Vermisstenmeldungen. Mal war es eine Brosche, dann eine Kette, manchmal auch Bargeld. Früher oder später tauchten die vermissten Gegenstände dann wieder auf, nur leider inzwischen nicht mehr so oft wie früher. Und das Geld blieb natürlich verschwunden.

„Sie werden sie wohl verlegt haben!“, meldete sich nun Schwester Conny zu Wort. „Ich verlege nie etwas!“, protestierte Hedwig prompt. „Ich bin zwar schon 87, aber das heißt noch lange nicht, dass ich nicht mehr weiß, was ich tue! Mein Gedächtnis funktioniert bestens!“, behauptete sie.

Schwester Conny nickte, während Dankward versuchte, seine Gesichtszüge unter Kontrolle zu behalten. Schwester Conny hatte recht, Hedwig war schusselig. Und so uneinsichtig wie ein alter Esel. Doch das konnte man natürlich nicht sagen.

„Mir sind neulich erst zwanzig Mark geklaut worden!“, mischte sich nun auch Emma ein. „Ich weiß ganz genau,

dass ich sie im Geldbeutel hatte, bevor ich zur Massage gegangen bin! Als ich wiederkam, war der Schein weg!"
„Aber Emma, die D-Mark gibt's doch schon lange nicht mehr!", wurde die 85-Jährige nun von Ferdinand verbessert. „Jedenfalls ist der Schein weg!", behauptete Emma. Hedwig nickte zustimmend. „Und da behauptet ihr immer, wir würden alles verlegen!"
Dankward sagte lieber nichts mehr und knuffte unterm Tisch unauffällig Ferdinand. Das hatte doch keinen Sinn! Die Damen würden nie einsehen, dass ihre kleinen grauen Zellen nicht mehr so haarscharf arbeiteten wie vor dreißig, vierzig Jahren. Falls sie das jemals getan hatten, schränkte er innerlich ein bisschen boshaft ein. Er glaubte keinen Moment daran, dass wirklich etwas dahinterstecken könnte. Zumindest bis Dienstag.
„Ich wollte es Emma und Hedwig ja nicht glauben, aber stell dir vor, mir fehlen acht Euro!", erzählte er Ferdinand. Als Prokurist hatte Dankward sein ganzes Berufsleben lang mit Zahlen jongliert, es war eine alte Gewohnheit für ihn, jede Ausgabe zu notieren. Und selbstverständlich wusste er nicht nur seinen Kontostand auswendig, sondern auch den Inhalt seiner Geldbörse auf Euro und Cent genau.
„Da gibt es nichts zu diskutieren, das Geld ist weg und das, obwohl die Geldbörse im Spind eingeschlossen war!", erzählte er weiter. „Hat Emma nicht auch was vom Spind und von Massage erwähnt? Damit kann sie doch eigentlich nur die Physiotherapie meinen, oder?"
Ferdinand grinste. „Hedwigs Brosche hat sich übrigens wieder angefunden!", wusste er zu berichten. „Da ist rein gar nichts weggekommen. Und Emmas Geld? Wenn man unterstellt, dass sie nicht wirklich 20 DM aus ihrer Sammlung

alter Geldscheine meint, sondern tatsächlich aktuelles Geld, dann ja! Ich erinnere mich genau, denn mein Gedächtnis funktioniert noch bestens – sie sagte Massage, also ja!"

Dankward Bruse überprüfte sicherheitshalber seine Aufzeichnungen. Es blieb dabei, es fehlten acht Euro, ein Fünfeuroschein und drei Euro in Münzen. Er entschloss sich, einen Testballon zu starten. Er schüttete aus seinem Sammelglas für Kleinmünzen, in das er penibel alle Münzen kleiner als fünfzig Cent einwarf, eine Handvoll in seine Geldbörse. Natürlich nicht, ohne die Geldmenge vorher zu zählen. Es waren genau 15,67 Euro, obwohl es nach sehr viel mehr aussah und das Kleingeldfach fast sprengte. Dann zählte er den gleichen Betrag noch einmal ab und verstaute ihn in seiner Reservebörse, die er immer für den Notfall noch im Schrank liegen hatte, falls seine doch mal kaputtgehen sollte. Auch diese war nun prall gefüllt.

„Hier, trag das einfach mit dir rum und schließe es bei den Anwendungen in deinen Spind!", verlangte er von Ferdinand. Sein Freund war mit seinen 83 Jahren deutlich häufiger in Behandlung als er, was sicher nicht an den paar Jahren lag, die sie trennten, sondern an Ferdinands Rheuma.

Es dauerte nur eine gute Woche, dann schlug Ferdinand Alarm. „Ich glaube, deine Börse fühlt sich leichter an!", sagte er und reichte sie Dankward. „Ich hab mich nicht daran vergriffen, mein Freund!", versicherte er ihm.

Dankward reichte ein Blick. „Da fehlt was!", stellte er fest und kippte entschlossen den restlichen Inhalt aus. „8,13 Euro!", sagte er triumphierend. „Jemand bestiehlt uns!"

„Aber die Spinde sind abgeschlossen!", gab Ferdinand zu bedenken.

„Das muss nichts heißen!", brummte Dankward. „Vladimir

schließt den Werkzeugschrank doch nie ab, daran kann sich jeder vergreifen! Außerdem sind die Schlösser nun auch nicht besonders sicher!"

Als Dankward später in sein Zimmer marschierte, hörte er, wie sich zwei Bewohnerinnen darüber ausließen, dass inzwischen sogar die Pflegedienstleiterin bestohlen wurde. Sofort wurde er hellhörig und beschloss, der Sache auf den Grund zu gehen.

„Ja, die Frau Timm hat es mir selbst erzählt! Aus ihrem Geldbeutel fehlen 100 Euro!", beteuerte Ursula treuherzig.

„Mir hat sie es auch gesagt!", gab nun auch die andere Dame zu, von der Dankward nur den Vornamen kannte: Josefine! Sie war noch recht neu und noch nicht mal siebzig.

„Natürlich unter dem Siegel der Verschwiegenheit!", fügte sie hinzu und vergewisserte sich: „Sie behalten das doch für sich?" Dankward nickte. „Gut, denn sie sagte auch, dass sie den Hausmeister verdächtigt! Dieser Vladimir soundso! Nur kann sie nichts beweisen, deshalb kann sie ihn weder anzeigen noch die Polizei rufen!"

Dankward versicherte ihr noch einmal, dass er bestimmt nichts weitererzählen würde, dann ging er auf sein Zimmer, von wo er gleich Ferdinand anrief.

„Das ist eine ganz komische Nummer!", stellte der fest.

„Ja, höchst verdächtig!", brummte Dankward.

In den folgenden Tagen behielten sowohl Dankward als auch Ferdinand den Hausmeister im Blick. Dazu hielt sich Dankward so oft wie möglich in der Vorhalle der Bäderabteilung auf. Natürlich ging er dann und wann zur Toilette, man musste dem Dieb ja schließlich die Gelegenheit einräumen zuzuschlagen, doch ihm fiel nichts auf, außer dass Vladimir Bobrow ausgesprochen müde und fahrig wirkte.

„Der nimmt vielleicht Drogen und braucht das Geld für den nächsten Schuss!“, unkte Ferdinand. Dankward kam die Sache jedoch schon nach ein paar Tagen spanisch vor. Würde ein halbwegs intelligenter Dieb nicht irgendwie planvoller ans Werk gehen, fragte er sich. Andererseits, wenn Drogen im Spiel waren, wusste man nie. Und einen merkwürdig abwesenden Eindruck machte der Hausmeister tatsächlich.
„Gut, wir versuchen etwas anderes!“, schlug Dankward vor und drückte Ferdinand wieder seine Geldbörse in die Hand. „Mal sehen, ob er sich auch an Geldscheinen vergreift, wenn man nur genügend hineintut!“
Es dauerte weniger als eine Woche – dann fehlten drei Fünf-Euro-Scheine in Ferdinands Börse und vier in der von Dankward selbst.
„Das war's! Hol du Hedwig und bring am besten diese Josefine und die Ursula mit. Ich kümmere mich um den Rest. Wir treffen uns in einer halben Stunde in meinem Zimmer!“, ordnete Dankward an.
Ferdinand und die Damen trafen gemeinsam mit Vladimir Bobrow und Tanja Timm ein. Die Pflegedienstleiterin machte große Augen, als Dankward ihr erklärte, warum sie hier waren.
„Ich habe die Diebstahlserie aufgeklärt!“, verkündete er und genoss sichtlich die Wirkung seiner Worte.
„Ich hatte mich zwar etwas täuschen und fast in die Irre führen lassen, aber im Gegensatz zu vielen anderen Bewohnern bin ich bislang von Demenz oder altersbedingtem Abbau von Gehirnleistung verschont geblieben! Ich habe nämlich zunächst wirklich angenommen, Sie, mein lieber Herr Bobrow, hätten etwas damit zu tun!“
Der Hausmeister starrte ihn entsetzt an. „Ich? Wie kommen Sie denn darauf? Warum sollte ich denn stehlen?“

„Nun, ich dachte, so fahrig wie Sie wirken und so unkonzentriert, wie Sie bisweilen zur Sache gehen, dass Sie vielleicht Drogen nehmen!", erklärte Dankward ihm ungerührt.
Nun war nicht nur der Hausmeister entsetzt, sondern auch Hedwig. „Nein! Aber Dankward! Wie kannst du nur? Das ist doch so ein lieber Junge!"
Ehe jemand etwas sagen konnte, winkte Dankward ab. „Keine Sorge, den Gedanken habe ich schnell wieder fallen lassen! Denn ein Drogensüchtiger würde sich anders verhalten! Zum Beispiel würde er nicht nur so kleine Beträge stehlen, sondern, wenn er denn schon mal dabei wäre, alles mitnehmen! Zumal man Drogen sicher nicht für 7,54 Euro bekommt!"
„7,54 Euro?", hakte Frau Timm fragend nach. „Wie kommen Sie denn darauf?"
„Das will ich Ihnen gern erklären!", sagte Dankward und schaute lächelnd auf ihre behandschuhten Hände. „Doch zunächst will ich unserem Herrn Bobrow aufrichtig versichern, dass ich von seiner Unschuld überzeugt bin. Und das mit den Drogen, nun ja ..."
„Was wollen Sie denn immer mit Drogen?", wehrte sich der Hausmeister. „Ja, ich bin oft müde! Vielleicht auch unkonzentriert, aber ich nehme doch keine Drogen! Ich mache ein Fernstudium und besuche abends Kurse an der Volkshochschule! Ich will meinen Meister machen, damit ich meine eigene Schreinerei aufmachen kann!"
Dankward stutzte kurz, dann reichte er dem jungen Mann die Hand. „Wenn das so ist – entschuldigen Sie bitte, das wusste ich nicht. Aber ich muss jetzt weitermachen! Schließlich geht es darum, einen Dieb zu überführen! Würden Sie bitte Ihre Handschuhe ausziehen, Frau Timm!", bat er.

Die Pflegedienstleiterin schaute ihn irritiert an. „Nein!“, lehnte sie dann ab. „Ich denke gar nicht daran!“
„Und warum nicht?“, fragte Dankward lächelnd. „Sie wollen mir doch jetzt nicht ernsthaft mit Ausflüchten kommen! Was haben Sie sich zurechtgelegt? Eine Allergie? Zu abgedroschen! Kommen Sie, ziehen Sie die Handschuhe aus! Ihre Finger werden uns die Wahrheit schon verraten!“
„Ausziehen!“, verlangte Hedwig. Und auch Josefine und Ferdinand machten deutlich, dass eine Weigerung nicht infrage kam.
Als Tanja Timm die Handschuhe auszog, waren ihre Finger voller schwarzer Flecken.
„Das ist keine Tinte, sondern kommt vom Silbernitrat, mit dem ich die Geldscheine präpariert hatte! Die Flecken sind ungefährlich, jedoch nur äußerst schwer zu entfernen. Sie haben die Geldscheine gestohlen und vermutlich auch den Rest. Nur, warum haben Sie das getan und den Verdacht auf den Hausmeister gelenkt?“
„Warum?“, kreischte Tanja Timm. „Um ihn loszuwerden! Einen Dieb kann ich nicht nur entlassen, der kommt auch ins Gefängnis! Und dann hätte meine Marie ihn verlassen! Er ist nicht gut genug für sie! Marie studiert Medizin, sie sollte mit einem Arzt befreundet sein, nicht mit so einem, der nicht mal Abitur hat!“
„Oh, das holt er doch jetzt nach!“, stellte Hedwig fest. „Er ist ein kluger Bursche, hat Manieren und kann Dinge reparieren! Ärzte gibt es wie Sand am Meer, aber wo findet man heute noch einen guten Handwerker?“, fügte sie hinzu. „Aber, wenn Ihnen das nicht genug ist, wird ihre Marie wohl allein mit ihm glücklich werden. Vielleich besuchen die beiden Sie ja mal im Gefängnis!“

Ein verräterischer Duft

Es war kalt in dieser Nacht. Bitter kalt. Minus fünf Grad Celsius. Ich saß in meinem Taxi und wartete. Auf den nächsten Fahrgast, den Sonnenaufgang, den Feierabend. Es war kurz nach zwei. Seit fast dreizehn Jahren fuhr ich nun schon Nachtschichten. Fünf oder sechs Mal pro Woche. Und bislang hatte ich meine Tochter Clara und mich damit immer gut über die Runden gebracht. Inzwischen war meine Maus gar nicht mehr so klein, im September war ihre Firmung gewesen. Ein Klopfen riss mich aus meinen Gedanken.

„Holleben!“, brummte der Mann, als er hinter mir Platz nahm. Ich hatte gleich so ein komisches Gefühl. Die meisten Männer setzen sich automatisch nach vorn. Und wenn sie sich nach hinten setzten, weil sie vielleicht ihre Ruhe haben wollten, dann hinter den Beifahrersitz. Doch egal, ich war nur der Chauffeur hier, der Kunde war auch bei mir König, also startete ich den Wagen und fuhr erst mal los. Bis Holleben waren es gut zwanzig Kilometer aus der Stadt raus, das lohnte sich doch zur Abwechslung mal. Ich versuchte, einen Blick auf meinen Fahrgast zu erhaschen, doch das war gar nicht so einfach, denn er trug eine Mütze, die er sich tief ins Gesicht gezogen hatte, dazu eine leicht getönte Brille und einen dicken, dunklen Schal, in dem er sein Gesicht vergrub. Von hinten wabberte ein Geruch zu mir nach vorn, der mir vage bekannt vorkam. Was war das? Sein Aftershave? Oder ein Herrenduft? Da ich schon seit einer ganzen Weile allein war, fehlte mir da die Erfahrung, auch verband ich den Duft eher mit etwas anderem, nur mit was? Ich war offenbar viel zu sehr in meine Gedanken vertieft, deshalb sah ich es nicht kommen, denn kaum waren wir auf der Landstraße, spürte ich einen spitzen Gegenstand, der sich von hinten gegen meine Rippen presste.

„Ganz ruhig!", raunte er mir von hinten ins Ohr. Wie in Trance fuhr ich weiter, während mein Gehirn zu verstehen versuchte, was hier gerade passierte. Ich fuhr schon so lange Taxi, doch ich war noch nie ausgeraubt worden! Ich dachte an Clara. Jetzt bloß keinen Fehler machen, beschwor ich mich und zwang mich zur Ruhe.

„Was wollen Sie?", fragte ich und erschrak vor meiner eigenen Stimme.

„Die Hände bleiben am Lenkrad, wenn Sie den Alarm auslösen, sind Sie tot. Fahren Sie rechts ran und lassen Sie die Hände da, wo ich sie sehen kann!", verlangte er.

Ich gehorchte wortlos. Und ließ mir ohne Gegenwehr mein Taxi abnehmen. Mit den Einnahmen natürlich. Und meiner Handtasche und allem, was ich dabeigehabt hatte! Natürlich auch mit meinem Handy. Erst als ich realisierte, was passiert war und dass ich körperlich unversehrt aus der Nummer rausgekommen war, fing ich an zu zittern. Dann spürte ich die Kälte. Es war eisig. Ohne Handy konnte ich nicht mal Hilfe rufen. Ich begann loszulaufen, Richtung Stadt, denn ein Auto sah ich weit und breit nicht. Ich lief eine gute halbe Stunde, dann gabelte mich ein Kollege nahe des Stadtrandes auf. Wir kannten uns nur flüchtig.

„Mensch, du musst zur Polizei, los, ich fahr dich! Und ich

sage der Zentrale Bescheid! Willst du einen Kaffee? Ich hab immer eine Thermoskanne dabei!“ Er plapperte und plapperte, er meinte es nur gut, nur ich verlor langsam die Nerven. Ich war so durchgefroren, dazu der Schock, die Angst, ich wurde fast wahnsinnig. Als wir vor der Polizeidienststelle ankamen, konnte ich meine Zehen zumindest wieder bewegen. Stockend berichtete ich, was geschehen war, und erstattete Anzeige.

„Die Masche ist uns leider nicht ganz unbekannt, der Täter scheint immer im Winter zuzuschlagen, letztes Jahr auch schon, in diesem Winter sind Sie erst die Zweite! Immer nachts und immer geht's nach außerhalb. Zum Glück ist Ihnen ja nichts weiter passiert und materielle Dinge lassen sich ersetzen!“

So wie der Beamte das sagte, klang es fast danach, als sei nichts passiert! Ich war jedoch viel zu erschöpft, um empört zu reagieren. In meinen Gedanken ratterte es: Die kannten die Methode und hatten ihn immer noch nicht geschnappt? War das zu fassen? Wieso hatte mich eigentlich keiner gewarnt? Normalerweise spricht sich so was doch rum! Andererseits, es gab leider inzwischen ständig Angriffe auf Taxifahrer, gern auch nachts, vermutlich hatte ich bislang einfach nur Glück gehabt! Ich ließ mich von meinem Kollegen nach Hause fahren. Da ich keinen Schlüssel mehr hatte, blieb mir nichts anderes übrig, als zu klingeln. Zum Glück weckte ich damit nur Mama, nicht Clara.

„Dina! Mädchen, was ist denn passiert?“ Mama sah mir sofort an, dass etwas nicht in Ordnung war. Auch wenn ich schon weit über vierzig war, für Mama blieb ich immer ihr „Mädchen“. Wir lebten zusammen im Haus meiner Eltern, in das ich damals hochschwanger zurückgekehrt war. Claras Vater hatte sich aus dem Staub gemacht, noch bevor sie geboren wurde, und meine Eltern hatten mich mit offenen Armen empfangen und unterstützt. Nun war Papa auch schon fast zehn Jahre tot, doch Mama, Clara und ich hielten zusammen. Ein Blick in Mamas Gesicht genügte und mir kamen die Tränen. So stark war ich nun auch wieder nicht. Ich berichtete ihr alles, auch von dem merkwürdigen Duft. Dann drückte sie mir einen Grog in die Hand und begann zu telefonieren. Meine pragmatische Seite hatte ich eindeutig von ihr.

„Deine Kreditkarten sind gesperrt, die EC-Karte auch und die SIM von deinem Handy ebenfalls!", berichtete sie mir stolz. Ich kenne keine einzige 78-Jährige, die weiß, was eine SIM-Karte ist, Mama schon. Sie surft auch durchs Internet und erledigt ihre Bankgeschäfte online.

Mein Taxi wurde zwei Tage später gefunden, der Schlüssel steckte, der Tank war leer und vom Täter fehlte jede Spur. Alles Nennenswerte war weg. Ich bekam meine Handtasche zurück, jedoch ohne Geldbörse und ohne Handy. Der Rest war noch da. Ich glaubte sogar, noch einen Hauch dieses merkwürdigen Geruches wahrnehmen zu können, leider sah die Polizei das anders.

„Wenn ich nur wüsste, an was er mich erinnert!", stöhnte ich. Auf die Antwort musste ich indes nicht lange warten. Am Sonntag beim Gottesdienst fiel es mir wie Schuppen von den Augen: Weihrauch!

„Wir arbeiten uns durch die Herrendüfte in der Parfümerie, wir finden den Duft!", erklärte mir Mama. Und auch Clara, der ich auf Dauer ja doch nichts vormachen konnte, war Feuer und Flamme. „Wir müssen was tun, Mama! Niemand überfällt dich und kommt dann damit durch!"

Ich musste mich schon meiner Tochter zuliebe zusammenreißen.

„Die Mutter von der Johanna hat doch eine Parfümerie, dort gehen wir hin!“, beschloss Clara. Johanna war ihre beste Freundin und deren Mutter Silke kannte ich ganz gut. Sie fiel aus allen Wolken, als sie erfuhr, was mir passiert war. „Beschreib mir den Duft!“, verlangte sie. „Ich bin seit zwanzig Jahren in der Branche und Herrendüfte sind meine Spezialität!“
„Weihrauch war enthalten!“, sagte ich sofort. „Und Moschus, glaube ich. Alles in allem war es holzig, aber auch ein bisschen blumig. Ich weiß nicht, ich kann so was schwer beschreiben! Ich muss es riechen!“
Silke nickte. „Okay, wir kennen jetzt die Richtung, also los. Nur denk dran, nach fünf, sechs Düften streikt deine Nase. Spätestens! Dann müssen wir eine Pause machen!“
Wir testeten uns durch, begannen bei den günstigen. Ich brauchte fünf Anläufe, immer mit Pausen dazwischen, weil Silke leider recht hatte, nach einer Weile roch alles nur noch gleich. Dann, als Silke schon fast die Ideen ausgingen, hatte ich es. „Das ist er!“, jubelte ich und zeigte auf die rotschwarze Flasche. „Fahrenheit Abolute von Dior“, sagte Silke bewundernd. „Es war schon immer etwas teurer, einen edlen Geschmack zu haben. Und den hat dieser Räuber auf jeden Fall. Das ist ein moderner Klassiker und ziemlich teuer. Ich verkaufe ihn auch nicht sehr oft!“
„Egal, ich nehme eine Flasche!“, sagte ich und offenbarte meinen Plan. „Ich werde Duftproben an alle Taxifahrer verteilen und sie vorwarnen. Noch ist Winter, letztes Jahr hat er auch mehr als zwei Mal zugeschlagen. Und da er wieder davongekommen ist, versucht er es garantiert noch einmal.“
Silke tauchte in die Untiefen ihres Lagers ab, dann telefonierte sie eine Weile, bevor sie mir ihre Idee präsentierte.

„Ich habe mit ein paar Kollegen telefoniert, anderen Parfümerien meine ich, und ich habe sie nach Duftproben gefragt. Ich habe nur den einen Tester, den kannst du haben, und von einer Kollegin bekommst du noch einen. Du bist schon genug geschädigt, dir jetzt noch 150 Euro für das Zeug abzuknöpfen, bringe ich nicht fertig!"

Ich hatte vor Rührung einen dicken Kloß im Hals. Clara rettete die Situation, indem sie Silke um den Hals fiel und gemeinsam mit Johanna anbot, das Lager zu sortieren und bei der nächsten Inventur auszuhelfen.

Am Abend hatten wir elf kleine Phiolen von dem Parfüm an meine Taxikollegen verteilt. Da die jedoch nicht ausreichten, war Mama auf die Idee gekommen, Papiertücher zu besprühen und diese in Tüten zu stecken. So bekamen wir noch mehr Proben zum Verteilen zusammen. Und natürlich informierte ich auch meinen Chef in der Taxizentrale. „Er riecht wirklich sehr stark danach!", machte ich den Kollegen klar. Nun konnte ich nur abwarten. Ob die Polizei überhaupt noch ermittelte, wagte ich zu bezweifeln, denn ich hörte nichts von ihnen.

Es dauerte drei Wochen, dann schnappte die Falle zu! Es war wieder eine eiskalte Nacht und das Opfer war wieder eine Taxifahrerin. Sie löste sofort den stummen Alarm aus, nachdem der vermeintliche Räuber hinter ihr Platz genommen hatte. Die Zentrale informierte sofort die Polizei, die das Taxi rechtzeitig stoppen konnte. Der Mann stritt zwar alles ab, aber er war bewaffnet. Und er trug Fahrenheit Absolut sowie mein Handy bei sich.

Ein Lockvogel auf vier Pfoten

Schon seit einigen Jahren teilt sich meine Katze Mandy mit mir eine Wohnung. Die liegt, ebenso wie mein Handarbeitsgeschäft, in einer ruhigen Seitenstraße am Stadtrand. Wir haben einen hübschen Vorgarten, in dem Mandy herumstromert. Meine gute Freundin Frieda lebt ganz in der Nähe, und auch sie ist dem Charme eines Vierbeiners erlegen. Ihre Perserkatze heißt Lilly.

Nach einer Flaute habe ich seit einiger Zeit auch in meinem Geschäft wieder ordentlich zu tun, Handarbeiten sind wieder stark im Kommen. Ehrensache, dass mein Schaufenster auch als Pinnwand für Suchplakate von ausgebüxten Katzen zur Verfügung steht.

Es war ein Dienstag, als Frieda ganz aufgelöst in meinen Laden gestürmt kam.

„Lilly ist weg!“, keuchte sie. „Sie ist heute Nacht nicht zurückgekommen! Oh mein Gott, was, wenn sie nie wiederkommt?“

„Ich mache dir einen Tee, dann hängen wir ein Plakat auf“, sagte ich. Frieda stöhnte: „Das macht sie nie! Sie ist immer im Morgengrauen nach Hause gekommen!“

„Wir finden sie!“, gab ich mich optimistisch. Keine halbe Stunde später hing ein Foto der hübschen Perserkatze außen am Schaufenster. Am Abend war ich froh, dass meine

Mandy zum Kuscheln aufgelegt war. Vielleicht sollte ich sie besser nicht mehr rauslassen? Auch keine Lösung, befand ich wenig später, als Mandy lautstark verlangte, dass ich die zugestellte Katzenklappe wieder freiräumte. Also verscheuchte ich die hässlichen Gedanken.

Die nächsten beiden Tage schauten sich zwar viele Leute das Suchplakat an, jedoch hatte keiner von ihnen Lilly gesehen. Doch am Donnerstagabend machte ich eine Entdeckung, die mich irritierte: Mein Geschäft im Erdgeschoss war längst geschlossen und ich kam gerade aus dem Schuppen im Garten, da sah ich, wie Frieda sich an das Schaufenster schlich, sich nach links und rechts umschaute und dann ganz fix das Suchplakat abriss. Dann flitzte sie, so schnell sie ihre achtundsechzig Jahre alten Beine trugen, davon. Mir verschlug es die Sprache. Wieso tat sie das? Friedas seltsames Verhalten ließ mir die ganze Nacht keine Ruhe, sodass ich am nächsten Morgen, bevor ich meinen Laden aufschloss, bei Frieda vorbeiging. Schon an der Tür kam mir Lilly entgegengeschnurrt.

„Sie ist doch wieder da, da wollte ich nur das Plakat fix abreißen, damit nicht noch jemand sucht!", erklärte sie mir.

„Abends? Im Dunkeln? Ich habe dich gesehen!", gab ich zu. „Du hast dich total komisch benommen!"

„Ach was, das bildest du dir nur ein!", wiegelte sie ab.

„Dann hättest du mich anrufen können, ich hätte das Plakat schon abgemacht!", erwiderte ich.

„Aber du warst doch im Garten!", hielt sie mir vor.

„Das wusstest du doch gar nicht! Hör jetzt auf damit und sag mir, was los ist!", wurde ich langsam ärgerlich. „Komm schon, Frieda! Wie lange kennen wir uns?"

Wie am Abend zuvor schaute sich Frieda suchend um, dann zerrte sie mich geradezu ins Haus. „Sie ist entführt worden!“, brach es dann aus ihr heraus. „Kannst du dir das vorstellen? Gestern früh bekam ich eine Lösegeldforderung! 500 Euro oder sie würden Lilly töten! Sie haben sogar ein von ihr Bild mitgeschickt! Ich sollte den Brief, das Bild und die 500 Euro in einen Umschlag tun und alles um fünf Uhr unter den Briefkasten in der Bergstraße legen. Dann sollte ich ganz schnell und unauffällig nach Hause gehen und warten! Und genau das habe ich auch gemacht! Und zur vereinbarten Zeit klingelte es an der Haustür. Davor stand ein Karton, aus dem ich Lilly schon maunzen hörte. Zum Glück ist ihr nichts passiert!“

Wie zur Bestätigung schnurrte mir die Perserkatze um die Füße. Ich war schockiert! Von so etwas hatte ich ja noch nie gehört! „Also, ich weiß nicht, was ich dazu sagen soll!“, gab ich zu.

„Du darfst deine Mandy nicht rauslassen!“, beschwor mich Frieda! Ich habe gestern Abend noch rumtelefoniert, stell dir vor! Der Helga vom Frauenkreis ist es genauso gegangen! Die Verbrecher haben ihren Zwergpudel aus dem Garten entführt!“

„Den Otto?“, hakte ich nach. Ich erinnerte mich an das Plakat. Es hing vor weniger als zwei Wochen an meinem Schaufenster. Und ich erinnerte mich ebenso, dass Helgas Geschichte seltsam klang: Pudel aus dem Garten ausgebüxt! Welcher dreizehnjährige, hinkende Pudel verkrümelt sich schon aus einem Vorgarten, der nicht nur von Hecken umsäumt, sondern auch noch eingezäunt? Aber Otto war weg und nach zwei Tagen wieder da.

„So geht das nicht weiter!“, beschloss ich. „Hier nutzt einer unsere Tierliebe aus!“

„Ich hatte auch erst überlegt, zur Polizei zu gehen, aber

dann hatte ich Angst, dass die mir nicht glauben. Oder mich nicht ernst nehmen, deshalb habe ich es gelassen!", gab Frieda zu.
„Wir müssen die Sache selbst in die Hand nehmen!", sagte ich und hatte auch schon eine vage Idee. „Aber jetzt muss ich erst mal in den Laden!"
Kaum hatte ich das Geschäft aufgeschlossen, griff ich zum Telefon. Nathan, mein Neffe, würde mir bestimmt liebend gern helfen. Ich bin schließlich seine Lieblingstante!
„Kein Problem, Tantchen!", versprach mir Nathan auch. Der Junge, so fiel mir nämlich ein, bastelt für sein Leben gern mit diesem elektronischen Schnickschnack herum. Beinahe genauso gern wie er mit seinen Motorradfreunden unterwegs ist. Zwei Tage später war es dann so weit: Nathan kam mich besuchen und baute im Wohnzimmer eine komplette elektronische Überwachungsanlage auf. Dann wedelte er mit einem Halsband herum.
„Voilà – hier ist es! In dem Halsband steckt ein Mikrochip, ein Sender, den man hier auf dem Laptop verfolgen kann. Ich habe das Signal gerade eingespielt. Nun musst du Mandy nur noch damit ausrüsten und sie dann als Lockvogel in den Garten schicken. Und dann natürlich darauf warten, dass die Typen sie entführen! Mach dir keine Sorgen, die Übertragung hier läuft in Echtzeit!"
Ich nickte, obwohl ich nicht alles verstand. Angst um Mandy hatte ich trotzdem, doch es half ja nichts. Wenn wir uns der Sache nicht annahmen, dann würden sicher noch mehr Tiere verschwinden. Es galt, Schlimmeres zu verhindern! Ich war mir sicher, dass Mandy das genauso sah, denn sie wehrte sich kein bisschen gegen das Halsband. Dann hieß es in der Tat warten. Am nächsten Tag passier-

te noch gar nichts, am übernächsten schüttete es wie aus Eimern und Mandy war nicht dazu zu bewegen, das Haus zu verlassen. Auch am Tag darauf war es schlecht, da der Boden durch den vielen Regen total matschig war und überall Pfützen standen, Mandy kam schon nach einer Viertelstunde wieder rein. Aber dann! Nach fünf Tagen, Donnerstagabend, die Sonne ging gerade unter, piepte der Sender Alarm! Nathan hatte ihn so eingestellt, dass er ein Signal gab, wenn Mandy einen bestimmten Radius verließ. Ich alarmierte sofort Nathan, der zögerte auch nicht lange.

„Bin schon unterwegs!“, versprach er mir, und ich schnappte mir den Laptop und wartete vor dem Haus auf ihn. Zum Glück war nicht viel los im Laden, sodass ich früher schließen konnte. Als Nathan um die Ecke bog, machte ich große Augen. Nathan kam auf seinem Bike angebrettert! In Begleitung von fast einem Dutzend anderer Biker in schwarzen Lederklamotten. Ich konnte die Blicke meiner Nachbarn förmlich körperlich spüren, als ich auf den Sozius kletterte. Wir folgten dem Signal aus dem Halsband. Eine imposante Prozession, die wir da abgaben. Das Signal führte uns zu einer alten Fabrikhalle am östlichen Stadtrand. Drinnen flackerte ein Licht, also war wohl jemand zu Hause.

„Hier muss es sein!“, stellte Nathan mit Blick auf den Monitor fest. „Das Signal bewegt sich nicht mehr! Du bleibst schön hier, Tantchen!“, erklärte er mir, dann bedeutete er den Jungs, ihm zu folgen. Danach ging alles sehr schnell. Obwohl der Lärm die Entführer aufgescheucht hatte, rechneten sie wohl nicht mit so vielen Gästen. Sie leisteten jedenfalls kaum Gegenwehr, trotzdem war der Lärm unbeschreiblich. Es bellte und mauzte aus unzähligen Boxen,

dazu fluchten die beiden Entführer wie Waschweiber. Auch wenn Nathan mich lieber draußen gesehen hätte, gab es für mich nun kein Halten mehr! „Mandy!", rief ich und suchte die Boxen ab. Es dauerte nicht lange, da hatte ich sie gefunden! Endlich! Bis ich diese verflixte Box endlich geöffnet bekam, verging eine gefühlte Ewigkeit.
„Mandy, mein Schatz, da bist du ja!", begrüßte ich sie. Sie maunzte mich ganz vorwurfsvoll an, dann reckte sie stolz ihr Köpfchen.
„Sie weiß genau, dass sie die Heldin des Tages ist!", lachte Nathan. „Was machen wir jetzt mit den ganzen Tieren?", überlegte ich. „Doch die Polizei rufen? Aber dann landen sie vielleicht alle im Tierheim?"
Während es rechts und links von uns maunzte und bellte, hatte Nathan eine Idee: „Wer das Chaos anrichtet, der muss es auch wieder in Ordnung bringen!", stellte er fest und baute sich vor den zwei festgesetzten Kidnappern auf. „Los, ihr beiden, wenn ihr nicht mit der Sprache rausrückt, hetze ich den Terrier auf euch!" Ich musste mir ein Grinsen verkneifen. Doch die beiden Ganoven waren sichtlich beeindruckt. So konnten wir noch am gleichen Abend alle Tiere wohlbehalten nach Hause bringen und erfuhren, dass auch die anderen Tierhalter erpresst worden waren. So wurde Wiedersehensfreude gefeiert, und auch ich war froh, meine Mandy wohlbehalten wiederzuhaben!

Der tote Zeuge

„Hast du schon gehört? Es soll jemand umgebracht worden sein!“ Margarete Richter ließ sich entsetzt neben Dieter Beck nieder. Der saß auf einer abgewetzten Holzbank gegenüber der Kirchpforte.

„Ja!“, schnaufte er. „Ich weiß! Ich habe ihn gefunden! Das muss man sich mal vorstellen! Eine Leiche! In unserer Kirche!“

Dieter rang um Fassung. Es wunderte ihn selbst, wie sehr ihn das Ganze mitnahm. Dabei war er bis vor wenigen Wochen Detektiv gewesen! Einer, der seinem großen literarischen Vorbild Kommissar Martin Beck nacheiferte, auch wenn er es nie selbst bis in die Mordkommission der Polizei, sondern nur zum einfachen Kaufhausdetektiv gebracht hatte. Dieter schüttelte entsetzt den Kopf. Eine echte Leiche, und was tat er? Die Nerven verlieren! Aber immerhin erst, nachdem er seine Bürgerpflichten erfüllt hatte.

„Soll ich einen Kaffee holen?“, fragte Margarete mitfühlend. Dieter nickte und war froh, als sie weg war. Da fand er seine erste Leiche und das ausgerechnet in seiner Kirche! Nachdem er den ersten Schock überwunden hatte, hatte er die Polizei verständigt, dann den Herrn Pfarrer. Der Diakon! Erschlagen worden war er, das hatte Dieter gleich gesehen, natürlich, er hatte schließlich gut aufgepasst, wie ein

Profi so ermittelte! Auch wenn er unter Schock gestanden hatte, den Tatort hatte er sich gut angesehen! So viel Blut, auf der Erde und auf dem Leuchter, der direkt danebenlag. Margarete kam zurück und hielt ihm einen Becher mit dampfendem Kaffee hin. „Ich hab ja gewusst, dass mit dem was nicht stimmt!“, stellte sie fest. „Mir war dieser Diakon ja immer suspekt! Er hat ja nie über sein Leben vor seiner Berufung gesprochen. Wer so ein Geheimnis daraus macht, hat was zu verbergen!“

Dieter zog es vor, nichts zu sagen. Er war mit dem Diakon immer gut zurechtgekommen. Allerdings stimmte er Margarete insofern zu, als dass es immer Gerede gab, wenn jemand nicht immer alles an die große Glocke gehängt haben wollte. Und wenn er es sich recht überlegte, wusste er auch nicht wirklich etwas über die Vergangenheit des Diakons. Hier meldete sich wieder innerlich sein Namensvetter zu Wort und raunte ihm imaginär zu: sehr verdächtig! Automatisch nickte er. Gerade weil er sich gut mit ihm verstanden hatte, gehörte dieser Fall aufgeklärt! Die Beamten, Dieter warf ihnen einen abschätzenden Blick zu, taten sicher ihr Bestes. Doch würde das reichen?

„Sie haben das Opfer gefunden?“, riss der rotblonde, etwas beleibte Kommissar, dessen Namen Dieter schon wieder vergessen hatte, aus den Gedanken. Dieter nickte. „Ja, Herr Kommissar, und ich habe weder etwas angefasst noch sich jemanden vom Tatort entfernen sehen! Wenn Sie Hilfe brauchen, ich kenne mich in der Gemeinde gut aus und komme zudem vom Fach!“, betonte er, doch der Kommissar grinste ihn nur schief an. „Sie sind ein Krimi-Fan, was? Mischen Sie sich aber bitte nicht ein, wir können auf Amateure gut verzichten! Ich nehme an, der Beamte hat Ihre

Personalien aufgenommen? Wenn ich Sie noch mal brauche, melde ich mich."
Mit diesen Worten ging er. Dieter war fassungslos. Diesen Kerl betraute man mit einer Mordermittlung? Das war ja ungeheuerlich! Musste er sich wirklich so abspeisen lassen? Nein, beschloss Dieter und erhob sich. Energischer als es seine Stimmung ihm erlaubte, marschierte er Richtung Pfarrhaus und wäre dabei fast mit Daniel Löb zusammengestoßen, der wie benebelt an der Absperrung, die die Polizei inzwischen angebracht hatte, herumstolperte.
„Alles in Ordnung?", erkundigte ich Dieter mitfühlend und hätte sich im gleichen Moment dafür ohrfeigen können. Natürlich nicht, fiel ihm ein. Der Löb und der Dekan waren ja ganz dicke miteinander, beste Kumpel sozusagen. Kein Wunder, dass der nun völlig neben der Spur war.
„Komm doch erst mal mit, Junge!", gab sich Dieter leutselig. „Ist ein ganz schöner Schock, was?"
Löb nickte. „Ja, ich kann es noch gar nicht glauben ...", stammelte er. „Wer tut so was? Ausgerechnet Patrick! Der hat doch keinem was getan!"
Dieter wurde hellhörig. „Sicher?", hakt er nach und versuchte, dabei eine so professionelle Miene aufzusetzen, wie sein großes Vorbild das tun würde. An Martin Beck kam keiner vorbei und zum Glück gab es ja die 34-teilige Fernsehserie und nicht nur die Bücher von Maj Sjöwall und Per Wahlöö, von denen Dieter schwärmte. Und wie so oft fragte er sich, was wohl Kommissar Beck nun tun würde. Die Antwort schoss ihm im gleichen Moment durch den Kopf: ermitteln natürlich! Jeder Spur nachgehen!
„Kannst du dir vorstellen, wer es auf den Diakon abgesehen haben könnte?", kam Dieter sofort zur Sache. Löb guck-

te ihn erst ein bisschen komisch an, antwortete dann aber brav: „Ich weiß nicht, ehrlich, Dieter. Aber der Patrick war in den letzten Tagen schon ganz schön komisch drauf gewesen! Vielleicht hat er was geahnt? Das gibt's doch manchmal, nicht wahr?"
Dieter überlegte einen Moment, verwarf ganz professionell seine Antwort auf diese hypothetische Frage und fragte stattdessen weiter: „Inwiefern war er komisch, komm schon, erinnere dich! Du willst doch auch, dass der Mörder gefasst wird?"
„Von dir?", hakte Löb irritiert nach.
Dieter Beck nickte bedeutungsschwanger. „Von wem sonst? Von denen da?", er deutete mit dem Kopf in Richtung der weiß gekleideten Tatortermittler, die gerade die Kirche betraten.
Löb schluckte schwer.
„Außerdem, der Patrick ist denen doch ganz egal! Er ist eine Leiche unter vielen, die kannten ihn doch gar nicht!", legte Dieter nach.
„Aber dir nicht, stimmt's? Dieter, du bist doch Detektiv! Auch wenn du vor ein paar Monaten pensioniert worden bist, du weißt, wie so was geht, nicht wahr?"
„Und dank meiner Pensionierung habe ich auch die Zeit, mich der Sache anzunehmen! Aber ich werde deine Hilfe brauchen! Ich kann doch auf dich zählen, oder?"
Löb nickte. „Klar, ich tue alles!"
„Dann fang damit an, mir zu erzählen, was du über ihn weißt!", forderte Dieter Beck ihn auf. „Ich kenne ihn nur als Diakon. Lediglich bei der letzten Adventsfeier habe ich mal drei Sätze mit ihm gewechselt! Deshalb weiß ich nur, dass er erst vor ein paar Jahren zum Glauben gefunden und

sich hat taufen lassen. Dann ist er in ein Priesterseminar eingetreten."

Löb nickte. „Ja, so war das, das hat er mir auch erzählt! Seine Mutter ist wohl sehr krank gewesen und da hatte er Kontakt mit einer Ordensschwester im Krankenhaus. Die hat mit ihm gebetet und ihm klargemacht, worauf es im Leben ankommt, zumindest hat Patrick das so immer gesagt!"

„Hatte er mit jemandem Streit?", fragte Dieter. Das, so fiel ihm ein, fragte jeder gute Ermittler so ziemlich am Anfang.

Leider schüttelte Löb vehement den Kopf. „Nein, wenn ich es doch sage! Alle haben ihn gemocht!"

Dass das so nicht stimmte, wusste Dieter allerdings ganz sicher. Auch wenn Löb das nicht wahrhaben wollte, aber die halbe Gemeinde zerriss sich das Maul über den Diakon wegen dessen merkwürdiger Angewohnheiten. Er war oft mit Rollschuhen angebraust, inklusive Helm und Knieschützern, sehr seltsam für einen angehenden Pfarrer. Und dann erst seine Frisur! Wären seine Haare rot gewesen, wäre er glatt als Pumuckl-Double durchgegangen, aber sie waren dunkelblond, was einfach nur dämlich aussah. Auch hatte der Diakon weder Kaffee noch Tee getrunken, wie normale Menschen, hatte Margarete ihm mal berichtet, sondern stets warmes, abgekochtes Wasser, weil es so gesund sein sollte.

„Na ja", überlegte Löb nun laut. „Vielleicht kamen einige mit seiner offenen Art nicht klar. Außerdem war er ja auch Veganer, das war vor allem den Älteren ein bisschen suspekt!"

Stimmt, erinnerte sich Dieter wieder. Die Sache mit den Schuhen hatte er ja fast vergessen! Der Diakon trug immer nur Stoffschuhe, weil er nichts Tierisches am Leib haben wollte, schon gar kein Leder! Und die Gummibärchen der Minis hatte er abgelehnt, weil Gelatine drin war, woraufhin er ihnen sogar noch einen Vortrag darüber gehalten hatte, wie man besagtes Zeug herstellte, scheußliche Sache. Die Eltern hatten sich danach jedenfalls aufgeregt!

„Schön“, brachte es Dieter auf den Punkt, „er war ein komischer Kauz. Das ist aber normalerweise noch kein Grund, jemanden umzubringen!“

„Wir können seinen Bruder befragen!“, schlug Löb vor. „Ich weiß, wo der wohnt!“

Am nächsten Morgen saßen sie bei Georg Blester, dem Bruder des ermordeten Diakons, im Wohnzimmer. Der war noch sichtlich geschockt und froh, als Löb ihm anbot, ihn bei den Beerdigungsvorbereitungen zu unterstützen. „Patrick hat sich seit Mutters Tod sehr verändert!“, erklärte Georg Blester ihnen. „Als unsere Mutter damals nach dieser Routineoperation nicht mehr aufgewacht ist, hatten wir beide unsere eigene Art, damit umzugehen. Ich bin Softwareentwickler und mein Bruder war bis dahin Banker, doch danach hat er alles hingeschmissen, um Gott zu dienen. Ich hab das ehrlich gesagt nie verstanden.“

„Gab es deswegen Streit?“, fragte Dieter und kam sich dabei reichlich professionell vor. „Nein, eigentlich nicht, ich habe es nur nicht nachvollziehen können, und er hatte kein Problem damit, dass ich mein Leben weitergelebt habe wie zuvor“, sagte Georg Blester. Löb nickte und Dieter überlegte krampfhaft, was er noch fragen könnte. „Haben Sie jemanden in Verdacht?“, fiel ihm noch ein. Georg Blester schüttelte den Kopf. „Gibt es jemanden, der ihm nicht wohlgesonnen ist? Vielleicht aus der Zeit vor seiner Bekehrung?“ Georg überlegte einen Moment, doch dann schüttelte er

wieder den Kopf. „Tut mir leid, aber das ist schon ein paar Jahre her. Außerdem hat mein Bruder damals in Frankfurt gelebt, eine Weile war er auch in Moskau bei einer Bank, wir hatten damals nicht viel Kontakt!"
Sie quälten sich noch durch zwei Fotoalben, doch auch hier tat sich weder ein Motiv, schon gar kein möglicher Täter auf. Normalerweise, überlegte Dieter, überprüfte die Kirche ja angehende Priester. Also war wohl auszuschließen, dass der Diakon irgendwie aktenkundig straffällig geworden war. Aber in was war er dann verwickelt gewesen? Kaum zu Hause, versuchte er sein Glück telefonisch erst beim Pfarrer, dann bei der Polizei. Doch Ersterer wusste selbst nichts und die Polizei gab ihm keine Auskunft. Dafür stand wenig später Daniel Löb vor seiner Tür. Völlig aufgelöst hielt er Dieter einen Brief unter die Nase.
„Bei dir war die ganze Zeit besetzt!", beschwerte er sich. „Hier, das war bei mir heute in der Post! Der Brief ist von Patrick!"
Dieter starrte fassungslos auf den Umschlag in Löbs Hand. „Und?", fragte er atemlos, „was steht drin?"
„Keine Ahnung!", gestand Löb. „Ich habe mich nicht getraut, ihn zu lesen!"
Kopfschüttelnd nahm Dieter ihm den Umschlag aus der Hand, er enthielt einen weiteren gefalteten und verschlossenen Umschlag sowie einen Zettel auf dem stand: „Lieber Daniel, wenn mir etwas zustoßen sollte, bring den Umschlag bitte zur Polizei. Andernfalls treffen wir uns nachher und du gibst ihn mir zurück!"
„Was nun?", fragte Löb atemlos. Dieter rang mit sich, dann sagte er: „Los, lass uns zur Polizei gehen!"
Während sie sich auf den Weg machten, riss er den Um-

schlag auf und brummte: „Er hat nicht gesagt, wir dürfen ihn nicht lesen, stimmt's?"
Löb gab ihm recht und so erfuhren sie von einer Frankfurter Scheinfirma mit Kontakten nach Moskau, von illegalen Geschäften und Geldwäsche, eben von jenen Dingen, die der angehende Priester nicht länger mit sich herumschleppen wollte.
„Er wollte reinen Tisch machen und die Leute anzeigen, sofern die sich nicht selbst anzeigten!", erklärte Dieter später dem Kommissar. „Doch die wollten nicht ins Gefängnis, also haben sie ihm gedroht. Und als er nicht von seiner Meinung abrücken wollte, nun ja – lesen Sie selbst!"
Am Ende blieb bei Dieter Beck das ungute Gefühl, dass er ohne die Mithilfe des Opfers den Fall nicht hätte aufklären können. Er war eben doch nur Dieter Beck, der pensionierte Kaufhausdetektiv, und nicht Martin Beck von der Stockholmer Mordkommission, gestand er sich ein. Zum Glück hatte er noch ein paar ungelesene Krimis zu Hause im Regal stehen.

Nachts auf dem Friedhof

Da war es wieder! Dieses Gefühl, beobachtet zu werden. Unwillkürlich begann ich mich unsicher zu fühlen. Die Gräber hatten damit natürlich nichts zu tun, die gibt's schließlich auf jedem Friedhof. Jetzt, um die Mittagszeit war es totenstill hier. Nicht mal ein Vogel zwitscherte. Plötzlich, zwei Reihen vor Herberts Grab, hörte ich Schritte. Nun drehte ich mich doch um und sah, wie drei Gestalten hinter der Kapelle verschwanden. Mit meinen 83 Jahren fühlte ich mich wenig bemüßigt, hinter ihnen herzusprinten! Dass sie nichts Gutes im Schilde führten, das wusste ich sofort. Ich habe ein Gespür für so was. Ich bin zwar nicht mehr taufrisch, aber noch gut in Schuss, vor allem meine kleinen grauen Zellen funktionieren hervorragend. Und ich wusste, dass etwas im Busch war.

Ich stattete Herbert meinen Besuch ab, rückte die Blumen gerade und sammelte ein bisschen Laub von seinem Grab. „Da ist was faul!", erklärte ich ihm dabei. „Hier huschen schon seit einiger Zeit komische Gestalten rum! Frau Gerber hat sie auch gesehen und sogar der Herr Pfarrer!" Dass ich mit meinem toten Mann an seinem Grab sprach, fand ich nicht merkwürdig, das taten viele, ich hatte es beobachtet. Nun, vielleicht machten die anderen es leiser als ich. Aber Herbert war schließlich schwerhörig. Früher sagte

Herbert immer zu mir: „Du liest zu viele Krimis, Agathe!" Doch er war es auch, der mir meine Miss-Marple-Sammlung schenkte. Als ich den Friedhof eine halbe Stunde später verließ, sah ich drei schrill gekleidete junge Leute.
„Irgendwas geht da vor!", berichtete ich Marianne, die ich kurz vor dem Ausgang traf. Auch ihr Mann war verstorben und wir trafen uns regelmäßig hier. „Ich habe gehört, dass auch randaliert wird!", wusste sie zu berichten. „Und am Grabschmuck soll sich jemand zu schaffen machen! Und die Grünflächen erst! Alles niedergetrampelt! Das passiert immer nachts!"
Ich hatte es ja geahnt! „Und warum unternimmt keiner was dagegen?", fragte ich. Marianne zuckte mit den Schultern. „Ist ja noch keinem was passiert!"
„Das wird es wohl auch nicht", brummte ich. „Tot sind die ja alle schon!" Dann schlug ich vor, der Sache auf den Grund zu gehen, doch dazu war Marianne viel zu phlegmatisch.
„Nachts? Wir zwei? Auf den Friedhof? Bist du verrückt geworden?", erstickte sie meine Idee im Keim. Ich schob den Gedanken wieder beiseite. Die Woche drauf kamen mir die gleichen drei Gestalten wieder entgegen. Sie waren ganz schwarz gekleidet, als ob sie zu einer Beerdigung wollten. Doch es fand keine statt! Spontan sprach ich sie an.
„Kann ich Ihnen helfen?", bot ich freundlich an.
„Nee, danke!", wimmelte mich einer von ihnen ab. Sein pechschwarzes Haar war in einem Pferdeschwanz nach hinten gebunden und er sah aus, als hätte er sein Gesicht in weiße Kreide getunkt. Ziemlich seltsam, zumal für einen jungen Mann und außerhalb der Faschingszeit. Die drei verließen, gleich nachdem ich sie angesprochen hatte, den Friedhof, was sie noch verdächtiger machte. Ich schüttelte

den Kopf und ging zu Herbert. Sein Grab lag an der Westmauer, neben einem alten, schmiedeeisernen Tor. Mir fiel auf, dass sich davor ungewöhnlich viele Fußspuren auf dem feuchten Boden abzeichneten. Außerdem hingen ein paar Stofffetzen zwischen den Streben und die Kerze neben Herberts Grabstein war umgeworfen. Ich war außer mir!
„Da sind Vandalen am Werk, die nachts auf den Friedhof einbrechen!“, beklagte ich mich bei meiner Nachbarin. Rosa arbeitet in einer Bäckerei, ihr Mann ist Elektriker und ihre Tochter Elisabeth, gerade vierzehn geworden, ist für einen Teenager ausgesprochen hilfsbereit. Ein reizendes Mädchen, das genauso gern in Büchern schmökert wie ich. „Krimis mag ich am liebsten!“, hatte sie mir mal erzählt, seitdem tauschen wir uns rege aus. Elisabeth war jedenfalls meiner Meinung, dass man etwas unternehmen müsse.
„Wir müssen was tun, Oma Agathe!“, schlug Elisabeth vor. „Am besten vor Ort ermitteln wie echte Detektive! Wir observieren den Friedhof, was meinst du?“
Ich überlegte einen Moment. „Wenn ich deinen Eltern sage, dass du bei mir bist, kannst du abends länger raus.“, schlug ich vor. Elisabeth grinste und stimmte zu. Ihre Eltern zu überzeugen, war ein Kinderspiel.
Für unsere erste Observation suchten wir uns eine Vollmondnacht aus. Denn meinen Überlegungen zufolge, und hier stürzte ich mich fest auf die Methoden meiner berühmten Namensvetterin aus England, würden mögliche Täter wohl eher eine Nacht bevorzugen, in der sie auch etwas sehen konnten.
„Ich habe mir Tommys Baseballschläger geborgt!“, sagte Elisabeth und deutete auf den Holzstock in ihrer Hand. „Falls es gefährlich wird!“

„Dafür hast du doch hoffentlich dein Telefon dabei?“, fragte ich. Diese jungen Mädchen kamen auf Ideen!
„Klar, Oma Agatha!“, grinste sie. „Ohne mein iPhone geh ich doch nicht aus dem Haus!“
Es war kurz nach neun, als wir zum Friedhof gingen. Ich sah es zuerst. „Jemand hat das Tor aufgebrochen!“, flüsterte ich. Mein Herz klopfte bis zum Hals. Ursprünglich wollte ich mit Elisabeth hinten über die Wiese, wo es statt der Friedhofsmauer nur einen Zaun gab, auf den Friedhof gelangen. Ich nahm an, dass auch die Randalierer so nachts auf den Friedhof gelangten. Schließlich war das Loch im Zaun nicht neu. Ich nahm Elisabeth den Holzknüppel ab, sie hielt ihr Telefon griffbereit. Wir schlichen hinter den Grabsteinen lang. Die Eindringlinge sahen wir dank des Vollmondes recht schnell. Und sie schienen so beschäftigt, dass sie uns nicht bemerkten. Ich sah von Weitem, wie sich die junge Frau, mit einem wallenden Kleid ausstaffiert, auf einen Grabstein setzte!
„Das sind Gothics!“, raunte mir Elisabeth ins Ohr. Ich verstand nur Bahnhof „Was bitte soll das denn sein?“
„Na, Gothicss! Die schwarze Szene. WGT! Alles klar?“
Nichts war mir klar, aber das wollte ich nicht sofort zugeben.
„Guck mal, Oma Agathe, die machen Fotos! Wow, die haben ja eine echte Ausrüstung dabei! Du, der eine filmt sogar, ist das cool! Ob die das live ins Netz stellen?“
„Das ist nicht cool, sondern kriminell!“, stellte ich klar. „Sie zertrampeln ein Grab und sitzen auf dem Grabstein, das ist Störung der Totenruhe! Und sie haben das Friedhofstor aufgebrochen. Lass uns die Polizei rufen!“
Doch Elisabeth schaute ihnen weiter fasziniert zu. „Guck doch mal, sieht das Kleid nicht umwerfend aus! Wie von vor zweihundert Jahren!“

Dann kam, was kommen musste. Die schwarzen Gestalten sahen uns! Ich hielt den Holzknüppel fest umklammert. Frei nach dem Motto, Angriff ist die beste Verteidigung, rief ich: „Wir sind bewaffnet! Und die Polizei ist auch gleich da!"
„Hey, bitte, wir machen nur Fotos!", rief der junge Mann und stolperte auf uns zu. Den kannte ich doch! Der Pferdeschwanztyp! Ich wusste es, mit dem stimmte was nicht! Auf mein Gefühl konnte ich mich immer verlassen!
„Wir machen nur Fotos und filmen!", versicherte er uns und schaute irritiert von Elisabeth zu mir und zurück. „Du hast ne coole Großmutter!", stellte er dann bewundernd fest.
„Und ihr zertrampelt die Gräber!", herrschte ich ihn an. Jetzt nur keine Schwäche zeigen! Die anderen beiden kamen nun auch zu uns rüber.
„Wir drehen was für unseren YouTube-Channel!", erklärte uns die junge Frau, die sich als Cora vorstellte. Elisabeth war schwer beeindruckt, zumal Cora ihr auch gleich erklärte, wie man so etwas macht. Ich verstand kein Wort. Dafür beschloss ich, dem Treiben ein Ende zu setzen, und diktierte meine Bedingungen: „Ihr räumt alles wieder auf, verstanden? Und damit meine ich jede umgeknickte Primel und jedes umgefallene Grablicht! Ich komme nachsehen – und wenn ich zufrieden bin, spreche ich mit dem Pfarrer und dem Gemeinderat, ob man euch nicht erlauben könnte, offiziell Fotos zu machen! Vielleicht im Tausch gegen einen Erklärnachmittag für an solchem technischen Schnickschnack interessierte Jugendliche – einverstanden?"
Die drei nickten – und Elisabeth und ich machten, dass wir heimkamen.

Miss Evelyn ermittelt

Wie ich auf die Idee kam, meinem jüngsten Enkelkind zur Einschulung einen Engel zu schenken, weiß ich nicht mehr. Jedenfalls fand ich mich eines schönen Tages in einem Laden für religiöse Geschenke wieder, den mir meine beste Freundin Sabine empfohlen hatte. Ich sah mich um und schlenderte durch die Regale. Plötzlich stutzte ich.
„Rauch, sage ich nur!“, hörte ich einen Stimme raunen. Mir stellten sich fast schon automatisch die kleinen Härchen auf dem Arm auf. Irgendetwas brachte meine Alarmglocken zum Läuten, also hielt ich die Luft an und lauschte.
„Es kommt auf den Rauch an, Mann, ist doch klar. Und Zacharias knallt nicht halb so wie Magnificat! Verstehst du?“
„Verstehe!“, raunte eine weitere männliche Stimme. Und setzte hinzu: „Das liegt am Benzoe! Garantiert! Das Zeug ist echt heavy! Vom allerfeinsten sage ich dir. Kriegst du natürlich nicht an jeder Ecke! Verstehste?“
Während sich die beiden offenbar ausgezeichnet verstanden, verstand ich nur Bahnhof. Tausend Fragezeichen schwirrten mir durch den Kopf, vor allem, als mich nun jemand direkt ansprach.
„Was suchen Sie denn?“ Woher der dicke Kerl gekommen war, konnte ich mir gar nicht erklären. Ich starrte auf einen Briefbeschwerer und stotterte: „Ich suche einen Engel!“

„Da sind Sie hier falsch, dort drüben!"
Der dicke Mann gesellte sich zu den anderen beiden an der Kasse und alle drei ließen mich nun keine Sekunde mehr aus den Augen. Ich fühlte mich wie ein Schulmädchen, das beim Mogeln erwischt wurde, dabei war ich schon seit knapp fünfzig Jahren nicht mehr in der Schule gewesen! Schnell entschied ich mich für einen grünen Glasengel fürs Fenster und reichte dem Dicken einen Zehneuroschein. „Danke, stimmt so!", murmelte ich. Beim Rausgehen bekam ich mit, wie sie ihr Gespräch wieder aufnahmen. Neugierig kramte ich ein bisschen in meiner Handtasche und steckte dabei den Fuß in die Tür, sodass diese nicht zufallen konnte. Natürlich ich hörte ich nur noch jedes dritte Wort. Da war von „anzünden" die Rede und von „durchschlagendem Erfolg", denn das „ging ab wie eine Rakete" und am Freitag würde wieder geliefert. Als ich in meinem Wagen saß, war ich mir sicher, dass sie einen Drogendeal planten. Mein erster Einfall war, zur Polizei zu gehen. Doch noch während ich den Motor anließ, kam ich davon wieder ab. Die würden mich doch für verrückt erklären! Was hatte ich denn schon für Beweise? Gar keine! Mein Blick fiel wieder auf die Ladentür. Durch die Glasscheibe sah ich die drei beisammenstehen, Kunden waren nicht im Laden. Dafür prangte oben das Ladenschild in geschwungenen Lettern: Zum heiligen Johannes – Inhaber Johannes Pösnek! Na, der bildete sich ja ganz schön was ein!
Ich beschloss, Sabine um Rat zu fragen. Doch ich wurde enttäuscht. „Du hast bestimmt was falsch verstanden!", sagte Sabine. „Ich kaufe seit Jahren in dem Geschäft und mir ist noch nie etwas aufgefallen! Wenn dort Drogendeals liefen, dann hätte ich schon mal was bemerkt!"

„Vielleicht, aber vielleicht auch nicht!“, beharrte ich auf meiner Meinung.
Sabine atmete tief durch und sah mich stirnrunzelnd an. „Du liest zu viele Krimis, Miss Evelyn!“, kicherte sie in Anspielung an meine Lieblingsheldin Miss Marple. „Was soll dieses Benzo-Dings denn eigentlich sein?“
„Benzoe!“, verbesserte ich sie. „Vermutlich die neueste Droge. Was weiß ich denn? Ich gehe der Sache aber auf den Grund!“, erklärte ich ihr.
Auch wenn das hieß, dass ich meine Neugier noch zügeln musste, so kam ich schnell zu dem Schluss, dass mir nichts anderes übrig blieb, als bis Freitag zu warten. Ich legte mich auf die Lauer und hatte Glück: Der junge Mann kam schon bald. Da ich nicht wagte, den Laden zu betreten, wartete ich draußen in meinem Wagen, und als er den Laden verließ, folgte ich ihm im Schritttempo, was nicht einmal auffiel, da die Straße sehr glatt war. So ging ich gerade noch als übervorsichtige Autofahrerin durch, die wirklich jeden Fußgänger und jedes Schulkind brav passieren ließ.
Als ich sah, dass mein Verdächtiger in eine Einbahnstraße einbog, blieb mir nichts anderes übrig, als den Wagen abzustellen und hinterherzueilen. Ich sah gerade noch, wie er in einem Wohnhaus verschwand, aus dem er die nächsten zwei Stunden nicht mehr herauskam. So hatte ich viel Zeit, im Schneeregen zu stehen und mir sämtliche Namen der Bewohner zu notieren. Als ich schon völlig durchgefroren war, kam er endlich, ging um drei Ecken, sprang in die Straßenbahn und fuhr zwei Stationen. Von dort aus lief er auf ein weiteres Wohnhaus zu, in dem er verschwand. Ich verglich die Namen an den Klingelschildern und stellte zu meiner großen Freude eine Übereinstimmung fest: Förster!

Hier gab es ein Klingelschild mit dem Namen und in dem anderen Haus eines mit der Bezeichnung „Dr. Rolf Förster“. Höchst zufrieden mit meinen Ermittlerfähigkeiten machte ich mich auf den Rückweg. Und stellte entsetzt fest, dass mein Auto abgeschleppt worden war.

Trotzdem begann die Sache langsam Spaß zu machen. Am nächsten Morgen positionierte ich mich schon im Morgengrauen vor dem Haus dieses Doktors. Wer weiß, überlegte ich, vielleicht war er ja Chemiker! Chemiker wussten genau, wie man Drogen herstellte! Bis zum frühen Nachmittag langweilte ich mich entsetzlich. Im Fernsehen sah es immer so spannend aus, aber in der Realität gab es nichts Langweiligeres, als irgendwo rumzustehen und zu warten. Als der junge Mann in Begleitung eines anderen endlich aus dem Haus spaziert kam, folgte ich den beiden. Ihr Weg führte sie zum Messegelände – zum Glück fuhren sie mit einem Auto, das ich ohne große Schwierigkeiten verfolgen konnte – und dort direkt zu einer Ausstellung.

„Das Ritual und seine Folgen“, berichtete ich Sabine und nieste. Dieser Schneeregen, dazu die Kälte, das Wetter gestern war mir gar nicht gut bekommen.

„Auf jeden Fall haben sie sich dort geschlagene vier Stunden herumgetrieben! Glaub mir, ich weiß nun alles, was es über Kirchenrituale zu wissen gibt, und das ist viel mehr, als ich je darüber wissen wollte!“ Sabine kicherte und ich nieste. Dann nahm sie mir ein Versprechen ab.

„Du bleibst morgen im Bett und ich bringe dir Hühnersuppe zum Mittag vorbei. Und wage es ja nicht rauszugehen, du musst dich auskurieren, sonst holst du dir noch ernsthaft etwas weg!“, verwarnte sie mich. Ich versprach es. Weniger aus Einsicht als aus der Vorahnung heraus, dass ich mir

wirklich was eingefangen hatte. „Wie hieß der Doktor noch mal?“, fragte Sabine.
„Dr. Förster!“, sagte ich und zog mich anschließend ins Bett zurück. Diese ganze Beschattungsaktion hatte mich ganz schön Kraft gekostet. Als ich am nächsten Morgen aufwachte, fühlten sich meine Knie an wie Wackelpudding. Gegen Mittag kam Sabine vorbei, mit Mundschutz!
„Wegen deiner dusseligen Einfälle werde ich doch nicht riskieren, meinen Enkel anzustecken!“, erklärte sie mir. Sie stellte die Suppe auf den Herd.
„Weißt du, dein angeblicher Drogenhändler ist Experte für christliche Rituale!“, klärte sie mich auf. „Ich habe ihn nämlich mal gegoogelt, nicht verfolgt! Und als solcher ist er zum Beispiel Experte für Weihrauch aller Art. Und deine angebliche Wunderdroge Benzoe ist lediglich Bestandteil von so etwas Simplem wie Weihrauch! Auch das kann man im Internet erfahren. Ebenso wie von Herrn Pösneck, dem Inhaber des Ladens. Er ist für seine besonderen Weihrauchmischungen über die Landesgrenzen hinweg bekannt! Du siehst, es gibt für alles eine ganz einfache Erklärung! Und mit Drogen hat dort niemand was zu tun!“
Ich warf Sabine einen langen ungläubigen Blick zu.
„Was genau hast du bei dem ersten Gespräch belauscht? Ich habe zwar nicht mitgeschrieben, aber es ging um Benzoe und Rauch – alles passt, gibt's zu!“, verlangte sie. Und ich kam nicht umhin, ihr zuzustimmen.
Sie grinste mich zufrieden an. „Du liest wirklich zu viele Krimis, Evelyn!“, stellte sie fest und griff in ihre Tasche. „Deshalb habe ich dir noch etwas mitgebracht!“ Sie zog einen Krimi aus der Tasche. „Und dank deiner Erkältung hast du genug Zeit zum Lesen!“

Die Madonna unter dem blauen Baldachin

Konrad Winkler war zufällig über die Auktion gestolpert. Luis Taroni war kein Maler, dessen Name die ganze Welt kannte. Deshalb hielt sich der Andrang in Grenzen, sodass es am Ende ein Kinderspiel war, die „Madonna unter dem blauen Baldachin" für knapp tausend Euro zu ersteigern. Konrad Winkler war zufrieden und der Auktionator war es ebenfalls. Zwei ganze Wochen war Konrad Winkler auch sehr glücklich mit seinem Neuerwerb, dann bekam er Besuch von einem guten Freund.

„Oh, du hast dir eine Kopie der Madonna unter dem blauen Baldachin angeschafft, die ist ja richtig gut!", stellte Dirk Leonhard nach eingehender Betrachtung des Bildes fest.

Konrad Winklers Lächeln gefror schlagartig.

„Kopie? Das ist das Original!", stellte er klar.

Sein Gast schüttelte den Kopf. „Nein, ganz sicher nicht, denn das Original hängt im Burgmuseum in Baselberg, dort ist Luis Taroni geboren und dorthin ist es auch nach dessen Tod gekommen. Soweit ich weiß, hängt es dort auch immer noch! Das kann nicht das Original sein! Da hat dir jemand einen Bären aufgebunden!"

Konrad Winkler verschlug es fast die Sprache. Doch nach einiger Recherchearbeit war klar, Konrads Madonna war eine Kopie.

„Bring sie zurück und lass dir dein Geld wiedergeben!", schlug Dirk Leonhard dem Freund vor. Doch der konnte seinen Blick kaum von der Madonna abwenden. „Sie ist brillant, ich gebe sie ganz sicher nicht mehr her. Und sieh dir mal die Pinselstriche an, das sieht total nach Taroni aus! Aber ich will trotzdem wissen, wer mir eine Kopie als Original verkauft! Und ich Esel! Ich bin nicht mal auf den Gedanken gekommen zu recherchieren! Ich werde wohl wirklich alt!"
„Ach was, du bist nicht mal siebzig! Wir sollten die Ermittlungen aufnehmen!", schlug Dirk Leonhard vor. Der ehemalige Versicherungsdetektiv hatte mehr als genug Erfahrung mit Betrügereien aller Art. Und er hatte auch schon einen Plan.
„Rechtlich gesehen haftet natürlich der Verkäufer! Er hätte dich auf jeden Fall darauf hinweisen müssen, falls die Herkunft des Bildes unklar ist. Also muss er es streng genommen auch zurücknehmen. Wenn du das nicht willst, muss er uns auf jeden Fall entgegenkommen. Und genau das sollten wir einfordern!"
Gleich am nächsten Morgen machten sich die beiden älteren Herren auf den Weg nach München. Im Auktionshaus brauchte Dirk Leonhard nur mit der Polizei drohen und schon öffneten sich ihnen alle Türen. Der Inhaber des Geschäftes beteuerte immer wieder, dass er von der Echtheit überzeugt war.
„Ich hatte keine Ahnung, ehrlich!" Er wischte sich immer wieder den Schweiß von der Stirn und Konrad nahm ihm ab, dass es ihn sehr mitnahm, ein gefälschtes Bild verkauft zu haben.
„Von wem haben Sie es gekauft?", wollte Dirk Leonhard

wissen und Konrad war froh, den Freund an seiner Seite zu wissen. Natürlich ließ er sich nicht mit Floskeln abspeisen, auch der Hinweis auf Diskretion in der Branche und Datenschutz zog bei ihm nicht. „Das ist mir alles egal, Sie nennen uns den Namen, wir erfahren dort mehr und Sie sind aus dem Schneider! Wenn Sie sich unkooperativ verhalten, können wir entweder die Polizei einschalten oder die Presse, es liegt bei Ihnen!“, machte Dirk Leonhard dem entsetzen Auktionator klar. Leider brachten die Angaben sie trotzdem nicht weiter. Der Verkäufer war einfach nicht zu erreichen, wohingegen Konrads Neugier von Tag zu Tag wuchs.
„Wer fälscht ein Bild von einem nur in Insiderkreisen bekannten Maler?“, fragte er. Leonhard wusste keine Antwort. Allerdings hatte er einen Plan B.
„Ich kontaktiere mal ein paar Leute von der Kunsthochschule, irgendjemand wird schon jemanden kennen, der jemanden kennt, der uns jemanden empfehlen kann, wenn wir eine Kopie eines Taroni haben wollen!“, war er sich sicher. Und hörte sich entsprechend um. Taroni war nicht alt geworden und seit mehr als fünfzig Jahren tot, das machte es nicht gerade einfach.
„Also der Fälscher war ein stilistisches Genie!“, stellte Dirk Leonhard fest. „Was die Pinselführung betrifft, kommt da nichts ran. Wenn ich es nicht besser wüsste, würde ich sagen, wir stehen vor einem echten Taroni!“
„Vielleicht ist das Bild in Baselberg die Fälschung!“, mutmaßte Konrad. „Du siehst ja, der Heiland am Kreuz ist ganz ähnlich und den hab ich von meinem Patenonkel geerbt, der ihn bei Taroni höchstselbst gekauft hat! An dessen Echtheit gibt es gar keinen Zweifel!“
Inzwischen war sich Konrad Winkler fast sicher, dass seine

Madonna die echte sein musste. Als die beiden Herren allerdings eine Woche später vor der Madonna in Baselberg standen, staunten sie nicht schlecht.
„Das ist echt, kein Zweifel, es sieht aber genauso aus wie deins!“, stellte Dirk Leonhard überrascht fest. „Doch zwei Originale gibt's nicht, so was ist absolut unmöglich!“
Die nächsten beiden Wochen verbrachte Dirk Leonhard mit intensiven Ermittlungen. Er recherchierte, schrieb unzählige Briefe an den Verkäufer, am Ende sogar Zettel, die er ihm in den Briefkasten steckte. Er klingelte bei dessen Nachbarn, nur um sich ein ums andere Mal anzuhören, dass der gute Mann schon recht betagt und offenkundig auf Reisen, in jedem Fall aber nicht zu Hause war.
„Wissen Sie, wann er wiederkommt?“, fragte Dirk Leonhard. Doch der einzige Nachbar, der überhaupt bereit war zu reden, wusste es nicht. Die anderen wussten es vielleicht, redeten aber nicht mit ihm, ärgerte sich der Hobbydetektiv.
„So komme ich nicht weiter!“, berichtete er seinem Freund. „Der alte Pistorius scheint länger verreist zu sein. Aber auch sonst ist über ihn nicht viel bekannt. Er ist weit über achtzig und ist ziemlich wohlhabend, auch wenn das Haus eher den Eindruck macht, als hätte es die besten Tage schon hinter sich.“
Dirk Leonhards Ehrgeiz als Detektiv war geweckt. Er saß tagelang im Auto gegenüber dem Gründerzeithaus in dem hübschen Münchner Vorort, ohne dass sich auch nur die Gardine im Haus bewegte. Dann, an einem Donnerstag, hatte er etwas mehr Glück. Er sah, wie eine große abgedunkelte Limousine vorfuhr. Er ließ den Ankömmlingen noch eine gute Viertelstunde Zeit, dann stieg er aus und schellte. Der junge Mann, der ihm öffnete, musterte ihn kritisch.

„Ich möchte zu Victor Pistorius!", sagte Dirk Leonhard direkt. „Es geht um die Auktion. Es sind noch ein paar Fragen offen …"
„Frederik? Wer ist da?", rief jemand aus dem Innern des Hauses. Besagter Frederik ließ Leonhard zunächst vor der Tür stehen, kam jedoch bald zurück. „Herr Pistorius empfängt Sie!", sagte er steif und Dirk Leonhard schenkte ihm ein strahlendes Lächeln, als er eintrat.
„Was wollen Sie, junger Mann!", fragte Victor Pistorius mit unerwartet kräftiger Stimme. Dirk Leonhard fühlte sich um Jahrzehnte zurückversetzt. So lange war es her, dass ihn zum letzten Mal jemand „junger Mann" genannt hatte.
„Warum haben Sie den Taroni als echt verkauft?", kam Dirk Leonhard gleich zur Sache. Das Haus wirkte irgendwie unheimlich, so duster, wie es war. Auf eine ordentliche Beleuchtung schien der alte Mann keinen Wert zu legen.
„Weil er es ist!", sagte Pistorius „Die Madonna ist echt, sie ist von Luis Taroni gemalt, ganz so wie angegeben!"
„Bei allem Respekt, aber die echte Madonna hängt in einem kleinen Museum, dem Taroni sie selbst hinterlassen hat!", korrigierte ihn Dirk Leonhard.
„Ja, da hängt auch eine, das stimmt. Auch von Taroni. Doch glauben Sie mir, meine Madonna ist echt, sie ist sogar die erste der beiden. Ich will Ihnen etwas zeigen!"
Der alte Mann winkte Dirk Leonhard zu sich heran, griff in die Innentasche seines Jacketts und reichte ihm ein abgegriffenes Schwarz-weiß-Foto.
„Das ist Maria!", flüsterte er rau. „Er hat sie gemalt. Damals, in einem anderen Leben. Wir kannten uns. Luis, Maria und ich. Luis, der Feingeist, der in Wien auf die Kunsthochschule ging. Maria, deren Eltern sie früh einem Großbauern

versprochen hatten. Damals, kurz vor dem Krieg. Da war das üblich! Ich war nur der zahlenbegabte jüngste Spross eines kleinen Handwerkers ohne Aussicht auf ein großes Erbe. Nicht standesgemäß für eine junge Dame aus gutem Haus, nicht gut genug für Maria. Luis hatte die Madonna ursprünglich als Hochzeitsgeschenk für Maria und ihren Verlobten vorgesehen. Doch dann hat er sie mir geschenkt, als Erinnerung und damit ich niemals Marias seliges Lächeln vergesse, damals bei dem Gartenfest, als wir gemeinsam unter dem blauen Baldachin saßen. Er hat dann eine zweite, identische gemalt. Die beiden haben geheiratet, ich ging weg, wir verloren uns schnell aus den Augen. Maria und ihr Mann sind später nach Amerika geflohen, sie wurden sehr glücklich, trotz der arrangierten Ehe. Ehe die Nazis alles ausräumen konnten, hatte Luis sich die Madonna zurückgeholt, heute hängt sie in jenem Museum, von dem Sie sprachen."

„Aber warum verkaufen Sie das Bild jetzt?", fragte Dirk und schaute dem alten Mann ins Gesicht. Da sah er es: „Sie sind blind!", entfuhr es ihm. Der alte Mann nickte. „Ja, deshalb habe ich beschlossen, mich von all meinen Gemälden zu trennen, auch von der Madonna. Mir hat sie immer Glück gebracht; sie wird für ihren neuen Besitzer dasselbe tun! Sie ist in guten Händen, das kann ich spüren!"

„Ja!", sagte Dirk „Das ist sie!" Dann verabschiedete er sich. Er hatte die Wahrheit ans Licht gebracht, und was für eine!